おっさんのリメイク冒険日記
～オートキャンプから始まる
異世界満喫ライフ～

主な登場人物
エミリオ殿下
アルバトロス王国の第三王子。好奇心旺盛で、アルフォンスに懐《なつ》いている。
エドウィン
冒険者パーティ「チームエド」のリーダー。冷静沈着で頭が切れるタイプ。長剣使い。
アルフォンス
本作の主人公。オートキャンプ中に異世界に転移したアラフィフおっさん。PCスキルなどを持っている。
エリ
アドロスの街に暮らす少女。幼い頃に父を亡くし、病気がちの母に代わって生活費を稼ぐ働き者。

アントニオ・フォン・オルストン
オルストン家の三男。魔導鎧を使いこなす上級冒険者。オルストン伯爵家の再興を目指している。
アーモン
冒険者ギルドのマスター。稀人の末裔で各種魔法を使いこなす、元Sランク冒険者。
ポールとマリー
エリの弟（7歳）と妹（4歳）。
エリーン
冒険者パーティ「チームエド」の紅一点。食いしん坊で、甘いものに目がない。弓の名手。

CONTENTS

おっさんのリメイク冒険日記

～オートキャンプから始まる異世界満喫ライフ～

緋色優希

イラスト
市丸きすけ

プロローグ

ただただ面倒な人生だった。車を駆りながら、ふとそう思う。

働いて、働いて、働き続けた挙句に体を壊し、休職。迷惑をかけたと疎《うと》まれ、追われるように退職した。

辞める直前に聞いたが、トップダウンで違法な指令が出ていたようだ。ご丁寧なことに緘口《かんこう》令《れい》まで敷かれていた。多くは語れないが、大勢死んでしまった。生きて出られた自分は、まだよかったのだろう。

こんな体で働きに出ることなどできず、引き篭ってわずかな貯金を食い潰してきた。家族がいなくて幸いだった。

退職から7年が過ぎて53歳になり、もうあとは死ぬばかりの身であったが、何の因果か宝くじで8億円も当たってしまった。もう今さらだろ。女遊びをできるような体ではないし、海外旅行もしんどい。多少、贅沢に飲み食いするのがせいぜいだ。体を壊しているせいか、酒も昔のようには美味くはない。

それまで使っていた車が古かったので、少し気になっていたT社のオフロードタイプに買い替えた。デフロックやハイロー切り替えなど、オフロード用特殊装備を備えたところが何となく気に入ったのだ。生産中止間際の車だが、俺みたいな物好きな客からの注文が途切れないので、国内だけはかろうじて販売を継続している。こんな俺には似合いな車だ。

もう11月も後半になる。こんな季節にどうかと思ったが、せっかくオフロードタイプの車を買ったので、オートキャンプ場で楽しむことにした。バンガローには、暖房器具や貸布団もある。いろいろ道具を持ち込んで、キャンプっぽさを堪能するつもりだ。

キャンプ場は、県内のかなり山深い所にある。途中の幹線道路まではよかったが、現地に近づくにつれて道は狭くなっていった。途中のコンビニで休憩しつつ、慣れない大型車を取り回しながらゆっくり進む。窓の外には紅葉の景色が広がっており、休日だったら渋滞にはまりそうだ。

狭い山道をしばらく走ると、ようやくキャンプ場に到着した。慣れぬ道なのもあって疲れてしまったが、久しぶりのキャンプ場に心が躍っている自分がいる。今日はきっと貸し切りだな。のんびりしよう。

受付を済ませて、まずは売店を覗く。菓子やら簡単なキャンプ用品などが売っている。高いな。普段なら絶対買ったりはしないが、気になった。売っている商品が、何故かとても気になった。体の奥底からそんな衝動が突き上げてくる。財布の中には、50万円ほど入っていた。

これは自分の本能、いや第六感が働いているのだろう。そう感じた。そして、衝動のままに買い込むことにした。こういうことは、今までにもあった。訳が分からなくても従うべきなのは、経験則から知っている。「理屈でなく分かってしまう」能力なのだ。無視した場合、必ずとんでもないことになり、思いっきり後悔する羽目になる。

スナック菓子にカップ麺、その他の食い物や調味料。カップスープやウーロン茶などの飲み物。キャンプに付き物の蚊取り線香、防虫スプレー、殺虫剤などを買い漁った。

ワインが20本くらい売っていたので、全種類大人買いする。カップの日本酒、牛乳、氷、アイスなど、今買ってどうするのだと思ったが、衝動がどうにも抑えられない。抗うことができない激しく強い衝動、狂おしい切望。最近久しくなかったことだ。身を任せるのも悪くない。こいつと付き合うと、とんでもなくわくわくすることに出会える。最近は、そんな機会もトンとなくなったけれど。

食器用洗剤、ガスカートリッジ、乾電池、木炭、薪。自販機のジュース類も一通り購入してしまう。自分でも呆れるが、止まらない。洗濯機用の個袋入り洗剤、柔軟剤も購入した。

かなりいろいろ持ってきていたのだが、レンタル品も揃えた。布団セット、暖房器具、予約のいるファイヤースタンドは予定していた。それに加えて、ランタン、ざら板、湯たんぽ、調理器具各種、鉄板、かまど、大中小鍋、カセットコンロ、マス釣り用の釣竿まで一式借り受ける。止まらない。自分の意思では止められない。体が勝手に動いてしまう。

結局、車の中が荷物で一杯になってしまった。しかし、不思議と後悔がない。何に使うものやら、最早自分でも楽しみになってきた。これらは、必ず使う機会があるに決まっているのだから。

バンガローに車を着けて、荷物を降ろそうとした途端、濃密な霧が立ち込めた。立ち込めるというより、押し寄せたといった方がいい。いきなり飛行機が雲の中に入ったかのように、世界が純白に包まれた。半世紀以上も生きてきて、こんな濃霧に出くわしたのは初めてだ。普通じゃない。あまりのことに放心状態になったが、3秒後に我に返ってドアを閉じた。

「やれやれ、山の天気は変わりやすいなあ」

この状態でやたらと動くのは危険だし、慌てることはなかった。どうせゆっくりするつもりで来たのだ。霧が晴れるのをのんびり待とう。

買ったばかりのスマホを見て、顔を顰《しか》める。圏外だ。この山奥なら無理もないのかもしれない。諦めて音楽を聴くことにした。かなりの曲数を保存していたのだが、1曲聴き終わる前に睡魔に襲われだした。50代の体には、慣れない山道走行が応えたのだろうか。オートキャンプなんて無謀だったかな。そんな想いを抱くも、睡魔には勝てず、濃霧よりも深い闇へと墜ちていった。

おかしな夢を見た。何だか分からないが、自分がパソコンのシステムを組んでいるようだ。ああでもないこうでもないと言いながら、時間がない、時間がないと焦っている。まるで、不思議の国のアリスに出てくるウサギさんみたいだなと、夢の中でぼんやりと自分のその姿を眺めていた。

10分余り経ったのだろうか？　目が覚めて辺りを見回すと、霧がだんだん晴れてきた。ほっとして、荷降ろしをするために車を降りると、違和感を覚えた。何だ、これは。……森の中？オートキャンプ場は確かに森の中みたいな場所ではあったが、もっと開けていたはず。

目の前にあるのは鬱蒼《うっそう》とした森で、隣のバンガローもない！　それどころか、管理棟もなくて、周りを樹木で囲んだ風景が広がっていた。

あるのは自分の借りたバンガローと車だけ。足元をよく見ると、小山のようになっていて、車やバンガローが傾いている。さすがに驚いた。寝ている間に地震でも起きたのか？　ただ、地面の色の違いが、まるでそこだけが引きちぎられたかのような様相を呈していた。

◆◇◆◇◆

その頃、日本でも異変が起こっていた。

キャンプ場の管理人は、霧が出ているのに気付き、少しお客さんの心配をしたが、そのうち収まるだろうと思い直し、風呂の支度をすることにした。

だが、いきなりブレーカーが落ち、建物の外にある照明がふっと消えた。

「おや？　どうしたのかな？」

他の電気設備も、電力が切れているようだ。電源設備を確認しに行ったが、施設全体の主電源が遮断されていた。今まで、こんな経験をしたことはない。何か設備に異常が出ているかもしれないと思い、各所の点検に赴いた。

管理棟は特に異常が見受けられないため、バンガローを見に行くことにした。今日使用している棟で、何かが起きた可能性は否定できない。１００ｍほど離れたバンガローに向かう途中、妙な違和感を覚える。何かがいつもと違う。近づくにつれ、違和感はだんだんと大きくなっていく。そして、ついにその違和感の正体に気が付いた。

「バンガローが1つ足りない……」

そんな馬鹿な。管理人は何度も目をこすったが、やはり足りない。なくなっているのは、今日貸し出したログバンガローだ。

「お客さん？」

彼はどこに行った？　後でお風呂に入りたいと言い、バンガローに向かったあの人は！

「おーい、お客さーん。無事ですかー？」

呼んでみたが、応答はない。

よくよく見れば、その辺りの地面が直径10m以上にわたり、まるで鋭利な刃物を使ったかのようにえぐられていた。何か大変な事故が起こっている。管理人は、顔から血の気が引いていくのを感じた。

バンガローに繋がっていた電線は、無残にも切断されて地面に落ちていた。昨日の雨と先ほどの濃霧で地面は濡れており、そこに切断面が触れて異常な大電流が流れたため、遮断器が動作したとみえる。電線の切断面は、何かの刃物ですっぱり切り落とされたかのようだ。電力会社に……い、いや、警察の判断を仰ごう。これは普通じゃない。現場をこのままにしておかなくては……。

通報によって近くの駐在所からバイクで駆けつけた警官も驚いていた。

「これはまた……いったい何でこんなことに……」

彼も判断に困ったようだ。一応、管理人から事情を聞いたが、本署に判断を委ねることになった。行方不明者がいるため、事件性も考慮して、本署から応援が来るらしい。

一応、電力会社の人間も呼ばれたが、現場を見て言葉もなかった。こんなことは今までにあった例《ためし》はない。目を見開いて、1分ほどそのまま凝視していた。

警察の指示待ちで、見守るほかはない。放っておくこともできず、腕組みしながら事態の推移を見守るが、手持ち無沙汰を隠し切れない。落ち着かない足先の動きがやや忙しい。

2時間後にやってきた、刑事と鑑識の人間も絶句した。地面深く、直径12m、深さ4mもの大穴が開いているのだ。まるで、アイスクリームのサーバーで掬《すく》い取ったかのように鮮やかな丸みを帯びて。重機を使っても、こんなことは一瞬ではできない。あまりにも削られた球面が鋭利すぎるので、原因が爆発物でないのは一目で明らかだ。戦慄しながらも、刑事は鑑識に指示を与えて捜査資料の収集を始めた。

取りあえず、キャンプ場はしばらく予約が入っていないため、ストーブや発電機を利用した。館内設備は一切利用できない。現場は全てそのままで保存された。

刑事が鑑識とともに持ち帰った現場資料を閲覧して、警察署中の人間が頭を抱えた。夜更けまで会議が行われ、1つの結論を得た。とてもじゃないが我々の手には負えないとなり、地元の自治体の長と協議して、自衛隊に調査の依頼をすることになったのだ。何らかのテロの可能性も考慮したのだろう。

「何でまた、田舎の警察署で、こんな事件を扱うことになったものやら」

「全く頭が痛いですな。行方不明者がいるのでなければ、まだいいのですが……」

とにかく被害者と思われる男性の身元を洗うことにして、会議はお開きになった。

翌日、警察署長が町長の下を訪れ、知事経由で自衛隊に派遣要請するように依頼をした。現場を訪れた両者も、やはり他の人間と同じく絶句し、これはもう手に負えないと感じたようだ。

ほんの30分足らずの間に、このような事態を引き起こす事象というものに、何も思い当たらなかった。想像の範疇を超えるとは、まさにこのことだろう。

「あの日、お客さんがあのバンガローに向かってすぐに霧が出始めました。私はしばらく外にいましたので、彼の心配をして最後まで見ていました。お客さんはバンガローに車を止めて出ようとした時に霧が出て、外に出るのをやめたようです。それを見て安心していたのですが、その直後に電気が切れたのです。だから実際にあのようなことになったのは、わずか1分足らずの出来事でした。私は何らかの自然災害であったのだと考えています」

管理人は、深く考え込むようにして証言した。

翌日の午前中にやってきた自衛隊の人は、車両10台の大所帯で、関係者を驚かせた。夕暮れまで調査を進めていたが、その後、電力会社に対して復旧工事の許可が下りた。保険会社の担当者によると、今回の被害は保険で補填できるようだ。

管理人は、ほっと安堵の息を漏らしたが、ここで保険会社の担当者から意外な事実を耳にする。

「うちの会社の関連だけで、同じような事件がいくつもあったのです。原因はどれも不明です。この自衛隊の人数を見ると、政府も既に把握しているのでしょう。政府の役人も混じっているようですしね」

関係者一同は、再び絶句した。この日本でいったい何が起きているのだ。この場にいる誰にも、それを知る術《すべ》はなかった。

1章　おっさん、異世界に立つ

俺は大混乱していた。周囲を見渡しても、管理棟などが見当たらない。ま、間違いない。ここは……さっきまでいたキャンプ場ではない！

周りは鬱蒼と茂る森のようになっていて、小山の上にバンガローと車がある状態だ。取りあえず、車を小山から下ろす作業に取りかかる。

車から降りて足場をよく確かめると、小山の高さは３ｍくらいだろうか。この車なら何とかなりそうだ。

一番勾配のなだらかなルートを選んで、シャベル片手に、少し足で確認する。靴が少し地面にめり込むが、この車の走行を妨げるほどではなかった。気になるところをしっかり整地してから、再び車に乗り込む。エンジンをかけて、低速モードのスイッチを入れた。トランスファーのレバーを４ＷＤローに放り込み、デフロックも作動させる。落ち着いて、ゆっくりと車を下ろす。注意深く足元の感触を確かめるように、タイヤで土を踏みしめる。急勾配の柔らかい斜面を、ドキドキしながら降りていく。時折、軽くタイヤを浮かせながらもようやく小山を下りきった頃には、汗びっしょりになっていた。

汗を拭き、お湯を沸かしてコーヒーを1杯入れる。あらためてこの状況を確認してみたが、誰がどう見ても異常な状況だ。無駄と知りつつ、キャンプ場の管理人さんを大声で呼んでみたが、当然返事はない。しばらく、バンガローの立つ小山を見上げながら佇《たたず》んだが、そのうち突拍子もない考えが浮かんできた。えー、その何だ？　まさかとは思うが、異世界みたいなところに来ちゃった……とか？　いい年こいて？

勘弁してくれと思いながら、「ステータスオープン」などと言っている自分がいた。

……いかん、混乱している。現実を見なさい！

だが、目の前に謎のウィンドウが現れた！

うそ！　よく見ると、使い慣れたパソコンの画面のようだった。そいつが、空中に浮かんでいる。タブレットのように使えそうな感じがするので、取りあえず〝コンピューター〟という部分をタップしてみる。すると、画面が切り替わった。

そこには、Cドライブから F ドライブまでが並んでいる。Cドライブから順に見ていくと、Eドライブに〝アイテムボックス〟と書かれていた。内容説明として「無限収納の領域」とある。え？　これって小説とかに出てくる、あのアイテムボックスなの？

使い方が分からないので、試しに車からバッグを出して画面に突っ込んでみた。次の瞬間、

バッグがいきなり消えてしまった。何だ、こりゃあ⁉　よく見ると、Eドライブに〝バッグ1〟とある。タップすると中身が展開された。どうやって出すんだ？　元に戻し再びタップすると〝取り出しますか？　Y／N〟と大きく出たので〝Y〟をタップする。なるほど。スマホやタブレットみたいに使えるんだな。突然、手の中にバッグの持ち手が現れたので、落としそうになる。マジですか。

アイテムボックスの〝ヘルプ〟をタップすると、次のように表示された。

> 無限に物体を収納できる。基本的に時間停止状態にあり、物が腐ったりはしない。設定により変更もできる。ボックス内に新規のファイルを設定することで、専用のインベントリを作成できる。インベントリとは特殊なファイルで、水やガソリンなどの容器代わりに使用したり、中で付与や強化などの加工に使ったりできる。状態などは、本体とは別設定にできる。意思ある生物は収納できない。

アイテムの保存と、新規インベントリ作成が分かれているのか。最初から機能が異なるんだな。

取りあえず、食料などをアイテムボックスに一つ一つ仕舞ってみたが、途中で面倒になって車ごと入れてみた。……入った。入ってしまった。心配なので、1回出してみる。うん、問題なし。あらためてアイテムボックスに入れ直す。

さっき、車を小山から下ろした苦労は、いったい何だったのだろう。もう1回、アイテムボックスの詳しい説明を見てみる。

コピー機能があり、MPを使って物体をコピーできる。MPが回復量を超えて限界まで消費されると、MPレベルが上がる。稀人《まれびと》の場合、通常はLVアップで元値の2倍となるが、EXP±のスキル補助により、補正増減はその2倍から始まり、最大で2×128倍（256倍に到達以降は全て256倍）となる。拡大縮小コピー、部分コピーも可能。

……何だかチートくさい機能が表示された。稀人？　俺みたいな迷い人のことか？　通常の2倍増でも十分チートではあるな。

よし、コピー機能も試してみよう。ファイルを作り、名前を〝元本〟とした。そこへ車を放り込んだ後、タップして展開してみた。車に積み込んでいた物がリストアップされる。

まずは、命の水である2Lペットボトル水6本入り箱をコピーする。説明によると、アイテムボックスを開いて表示される内訳項目の〝コピー〟をタップするようだ。別ウィンドウがポップアップして、中身が写真付きでずらっと表示された。上部には、10／10ＭＰ・ＬＶ1と表示されているが、これでどれくらい使えるのかな？

〝2Ｌペットボトル水6本入り箱〟をタップして取りあえず通常コピーを指定すると、ドンッと足元に箱が現れた。うおう！　本当にコピーできた。これで水には困らないだろう。助かる！　水探しから始まるサバイバルは、おっさんには無理だ！

コピー後、ＭＰは5／10となった。ＭＰとは金額か？　1ＭＰ＝100円分くらいなのだろうか？　いや生成する物の質量なのかもしれない。

タップ作業が面倒になってきたので、もう1回説明を見てみると、どうやらイメージしただけでも出し入れやコピーはできるらしい。

コピーを繰り返してＭＰを使い切ったら、40ＭＰ・ＬＶ2へとレベルアップした。本来20ＭＰになるところが、ＥＸＰ±のスキル補助によってその2倍ということらしい。これで4000円分くらいだろうか？　ＭＰを使い切ってレベルアップする時、ＭＰ不足で倒れたりはしなかった。これは重要だな。このＭＰというものは、〝領域の確保〟に過ぎないのかもしれない。ハードディスク内でゲームの使用領域の確保を随時行う、というようなイメージだろうか。

続いて、いろいろな食料をコピーしていると、今度は40×2×4で320ＭＰ・ＬＶ3になった。どこまでレベルアップできるのかなと思って説明を見ると、24時間でMPが回復とある。つまり、24時間以内にMPを消費し切れなくなったら、レベルは頭打ちということか。ありがたいことに、それはまだ先のようだ。

日用品などのコピーも行っていると、5120×2×16で16万3840MP・LV5になった。ついに車を、いや車の中の荷物全てをコピーできるだけのMPに到達したのだ。車ごとコピーして、〝車コピー〟ファイルをタップすると、本物の車が現れた。頭がくらくらする。こんなことってあるのだろうか？　50を過ぎたおっさんには、なかなか受け入れがたい現実だ。

元本の方も出してみたが、見事に2台の車が並んでいる。頭がおかしくなりそうだった。

取りあえず、車中の荷物だけのファイルと車だけのファイルを作成すると、前者が〝中身の荷物だけ〟、後者が〝車・車体のみ〟と表示された。引き続き、車のコピーを作っておく。数台作ったところでレベルアップし、1048万5760MP・LV6になった。ここまでくれば、当座は十分なレベルだろう。

後は武器になりそうなものを、何か出しておこうか。持ってきた物の中から、まずシャベルを出す。自宅にあったシャベルはさびてボロかったので、先の尖ったタイプを購入して車の荷台に放り込んであったのだ。シャベルは、兵士が武器として使うこともよく知られている。

次に小さめの薪を作ろうと思い持ってきた手斧と鉈《なた》。鉈は日本製の結構いい物だ。

あと、役立ちそうなのが狩猟用の和ナイフ。こんなもんいらないだろうと思ったが、サイトを見ていたら欲しくなって、ついつい買ってしまった。刃渡り26cmの完全な観賞用だ。気分で持ってきただけの代物だが、この状況になると非常に助かる。

手斧と和ナイフについては、1・5倍と2倍の拡大コピーをして、数も揃えておいた。この世界に何がいるかよく分からないので、準備は万全にしておいた方がいいだろう。

もともと用意周到な性格だが、2泊3日でよくぞここまでいろいろと持ってきたものだ。キャンプなんて久しぶりだが、この3日楽しみ尽くそうと思ってきた。何にせよ、衝動に任せて買いまくり、持ち込んだのが吉と出た。少なくとも食うには困らない。

取りあえず、しばらくはこの場所に留まってみることにする。こういう神隠しのようなものは、時間が経つと元の場所に戻れる可能性があるからだ。3日間は居座ることに決めた。

とにかく、おっさんの異世界キャンプの始まりだ。といっても、特別なことをするわけじゃない。テントも建てないので、やることといったら、BBQの仕度をするだけだ（今日はやる気にもなれないが）。水や食料が大量にあるので、危機感が全くない。車やガソリンもあるしね。

小山の上のバンガローに戻ると、まずはビールを1杯。それで、人心地がついた。すぐ眠れるように布団を敷き、電気カーペットと電気ヒーターで暖めておく。

トイレを作るため、アイテムボックスに土を収納することで穴を掘った。イメージ通りの穴になって、ちょっとだけ嬉しい。ゲリラ兵みたいに、落とし穴が掘れそうだ。穴にはコピー品のバケツを埋め、そこにビニールを被せて使い捨てトイレにした。

気付いたら既に16時を回っており、森の中ということもあってかなり薄暗い感じになってきた。ファイヤースタンドで火を熾《おこ》す。初めてなので30分くらいかかってしまったが、火が燃え盛って満足だ。完全に暗くなる前に、ガスの2口グリルを使って夕食の準備に取りかかる。あと燃え盛る直火に網を載せて炙ってみたりした。といっても、肉やウインナー、ハムを焼いただけの簡単なものだ。

ビールを飲みながら、これからのことをぼんやりと考え込む。

そういや、例のパソコンみたいな画面を見ておくか。

〝コンピューター〟欄には、〝ステータス〟という項目があった。これは、いわゆるステータス画面だな。

種族：人族　性別：男性　年齢：53　称号：迷い込みし者
HP：LV1　500／500　MP：LV6　1048万5760／1048万5760

スキル
ＥＸＰ±
ＰＣ　インターネット
　ＭＡＰ　レーダー
　アイテムボックス　―付与・コピー・加工・分解・合成
身体強化　再生　鑑定　解析　異世界言語　隠蔽　全属性魔法

おおー、称号は情けないけど、その他は結構なチート具合だ。表示がシンプルで、年寄りにはありがたい。

取りあえず、今日はここまでとして、就寝することにした。

◆◇◆◇◆

目が覚めると、木目の天井が目に入ってきた。状況がすぐに理解できない。

何だ、ここは……あ、オートキャンプ場だ。外に出たら、そこは森の中だった。全部思い出した。異世界みたいな所に来たんだった。

昨日、確認の途中だったステータスを表示してみる。まず、ＰＣスキルがすごかった。

インターネット：異世界から地球のインターネットに繋ぐことができる。
クレジットカードやネットバンキングで有料サービスも受けられる。

うお！　何だ、これ⁉

〝ＰＣ〟を開いて〝接続〟タブをタップすると、何とネットに繋がった。いつもやっているゲームにもログインできる。す、すげえ。知識面を考えると、一番すごいスキルではないだろうか。あとは、定番といえるものしかない。

そういえば、オートキャンプ場に着いて寝てしまった時、夢の中で何か作業をしていたのを思い出した。あれは、このシステムを作っていたのだろう。ＰＣスキルだって、ほぼパソコンのコピーだ。手抜きというか、時間がなかったと思われる。

次にＭＡＰをタップすると、いつも使っている地図が表示された。うん、普通に使える。ＰＣスキルの各種機能は、いつも愛用していたソフトやサイトそのままのようだ。

ＭＡＰを世界地図表示にしてみたら、どうやら地球の世界地図ではなかった。現在地は、どこかの大陸のようだ。「よかった。無人島じゃない」

周辺を見ると、かなり離れた所に大きな街がある。地図上の街をタップすると写真が表示されたが、とんでもない画像がいろいろと現れたので、そっと閉じた。

〝武装した物騒な人たち〟がいっぱいで、街へ行くのが躊躇《ためら》われる……。

気を取り直して、レーダー機能を見た。〝敵〟を識別できるようだ。敵は赤点で表示され、脅威の度合いが高いと大きく、激しく点滅する。味方は緑、それ以外は黄色の表示だ。設定を変更すれば、夜中の敵襲に対しても警報を出せるみたいだ。

武器があれば、アイテムボックスから、赤点に向かって射出もできる。

「うお、マジか」

ちょっと試してみることにした。ナイフをコピーして、目視で目標を定めた。高い所から出すイメージで、高さ20ｍから目標地点へ。

見事、地面にぶっすりと突き刺さった。あまり高い所から、近くにいる敵を狙うと、風に流されたりするから怖いな。射出する高さについては、いろいろと試してみよう。

アイテムボックスの〝付与〟では、取り込んだものにスキルや魔法を付与できるようだ。これを利用すれば、強化剣や魔法のカバンができるかもしれない。さっきＭＡＰの画像で見た限りでは、あまり治安はよくないと思われる。街は、剣や槍で武装した人間でいっぱいだし、人間じゃなさそうなのもいた。

というわけで、取りあえずの武器に強化を付与しておこう。

まずは、アイテムボックス欄で付与のインベントリを作成した。いわゆる専用の作業スペースだ。そこに狩猟用ナイフを入れ、〝付与〟――〝身体強化〟をタップして完了。仕組みはよく分からないが、物体に身体強化を付与すると、強化されたままになるようだ。ヘルプを見ると、この操作は念じるだけでできるらしい。

あとは、自分自身にも〝身体強化〟を使ってみよう。上手にやれば、これで戦闘力が上がるかもしれない。スキル欄の〝身体強化〟をタップすると、体に力が漲《みなぎ》った。まるで電力でモーターが起動するような感覚だな。筋肉が唸《うな》りを上げるように力強く脈動し、肉体がそのパワーに耐えられるように、頑丈に組み替えられていくイメージだ。説明によると、MPの消費によって力を強くしたり、体を強化したりしているようだ。ちなみに今LV1とある。

さらに重ねがけしていくと、上乗せでパワーアップしていく。ただし、重ねた分は1回に比べて2乗の魔力を消費する感覚がある。魔力が少ないうちは、最強モードは長続きしないのか。よく覚えておこう。しかし、ボロボロのおっさんにはキツイな。

これで、身体強化と武器ができた。続いて、デイバッグに〝アイテムボックス〟を付与してみた。設定画面では、無限収納のみを設定して付与する。確認すると、ちゃんと魔法のカバンになっていた。さらにこれをコピーしても、収納の機能が付いていた！

次が〝再生〟か。これはアイテムボックスの中の物にもかけられるようだ。古いコンロにかけてみると、何と新品になった！　すごい。ただ同然の中古品を買ってきて、再生して売れば大儲けだ。などと、こっちの世界で生きていかなければならないことも、頭の隅で計算していた。

ここで、はたと気が付いた。これは人間には効くのか？　試してみたい。ヘルプをじっくり見たら、人間にも有効とある。よし、まずは植物で試してみよう。その辺にあった萎《しお》れた草に〝再生〟をかけてみると、元気にシャキッとした。動物にはどんな結果になるのか分からないが、ここは自分の勘を信じてみよう。

覚悟を決め、〝再生〟対象を自分にしてタップしたところ、体中にすさまじい力が駆け抜けていく。ＭＰのレベルＬＶが１つ上がったような気がする。

「おお……」

車のミラーで見てみると、おそらく22歳頃の最盛期の肉体がそこにはあった。白髪もなくなって、全体的に焦げ茶色に近くなっている。身長１６８㎝、体重58㎏。瞳は茶色で、彫りの深い顔立ちだ。

驚愕しつつも、己の拙《つた》い脳のシナプスを激しく明滅させた結論は、この再生というスキルは、対象物（人）を今までで最もピークの状態に戻すものなのだろう。使用回数とか制限はあるんだろうか。そうでなければ、即死以外は不死ということになってしまう。やたらと使うべきものじゃないなと感じた。こういう能力を使って悠久の時を生き延びたが、最後には生にしがみつくために悪行を重ねて悲惨な死を迎えるという物語も多い。そんなのは御免だな。

身体が再生されると、健康面で具合の悪かったところも全てよくなっていた。目や歯、筋肉などボロボロだったが、昔のように、いやそれ以上の状態だ。頭も妙にスッキリしている。いかん。余計なところも元気になっているようだ。

ＭＰは約13億４０００万ＭＰで、ＬＶ７になっていた。しばらくは上がらないだろう。

魔法は何も入ってないので不明だ。〝全属性〟とあるし、ＭＰも半端ないので今後に期待しよう。

〝隠蔽〟は、このシステムを隠蔽するもののようだ。アクティブになっているので、他からは見えないはずだ。隠蔽のかかった状態でも、ステータスを見ることができるスキルがあるかもしれない。

だいたいの機能を把握したところで、取りあえずもう少し武器を作っておくとしよう。

斧を各サイズと、鉈、シャベル、投擲《とうてき》用に拡大コピーしたアウトドアナイフ。

アイテムボックスには、分解機能があった。〝分解〟を使ってウイスキーの瓶と中身を分離して、瓶にガソリンを詰める。即席の火炎瓶だ。

同様に、車のコピーを分解して、板金の溶接前まで戻してみた。これを頭の上から落とされたら、悲惨なことになるだろう。エンジン、スチールホイール、フレームなどの重量物も分離する。これはアイテムボックスから空中に射出したら、すごい攻撃になりそうだ。

ガソリンをインベントリからぶちまけて、火のついたマッチやライターをぶち込んでもいいだろう。水とガソリンの専用インベントリを作成して、自動コピーを設定しておく。どの道、ガソリンは車用に必要だ。

その辺の岩や石も回収しておいた。拡大コピーで大きくして、上から落とすこともできるし、身体強化で投げてもいい。

続いて、部分コピーによるカットと合成で、刃渡り46㎝の和ナイフを作る。さらに刃の真ん中だけをカットしたものを中継ぎにして、より長い刃渡り66㎝の和ナイフも作成。少しは刀っぽくなったかな。

それを拡大コピーで1・5倍にしたら、刃渡り99㎝の大刀ができた。持ち手を握るのは、これがぎりぎりのサイズだ。持ち手が大きくて不恰好ではあるが、身体強化で十分振り回せた！

これも大量にコピーしておこう。上から落とせば串刺しにできるし、投げまくってもいい。木の枝を加工して、槍の柄も作ってみた。柄は生木だが、使い捨て用にはいいだろう。

今後、街に移動するとなると、金銭に替えられる物が欲しい。金はここでも価値があるのだろうか？　そういえば、金とダイヤを使った高級腕時計を付けたままだった！　前から欲しかったので、奮発しておいてよかった。鑑定してみると、ちゃんと価値があるようだ。シルバーのネックレスと一緒にコピーしておく。

しかし、身分証や現地通貨がないのは痛すぎる。街に入れるのだろうか。ＭＡＰで街の様子は見られるものの、現地事情がさっぱり分からん。いつまでもこんな森の中にいたくないが、迂闊《うかつ》に街に行って捕まり、酷い目にあうのも嫌だ。


いろいろと武器の実験をしているうちに、辺りが暗くなってきた。今夜も異世界でキャンプだ。

今日は頑張ってＢＢＱにしてみた。慣れないのでちょっと時間がかかったが、新聞紙と着火剤、バーナーが活躍してくれた。もちろん炭の用意も忘れない。

串に差した肉の香ばしい匂いが立ち込め、食欲を誘う。だが、それは俺だけではなかったらしい。

ヤツは、突然、俺の世界を侵食した。ゾクっ。いきなり背筋が凍る。ビールは飲んでいたものの、ほとんど無意識に近い感覚で身体強化を終え、横に移動しながら体を反転させた。そして、転がるようにして、ヤツとの距離をとった。

ＢＢＱグリルが、弾け跳んだ。転がったランタンと、飛び散った炭の炎に照らされて、ヤツは闇のカーテンの中に浮かび上がっていた。その姿は生々しく、それでいて映画のようでもある。非現実感の中で、ヤツだけが現実のものとしてまざまざと存在を主張していた。

目の前にいるヤツは俺を獲物と見定めて、確実に捕らえようと機会を窺《うかが》っていた。その距離３ｍ。ヤツの体躯は2～３ｍだろうか。闇は、異形を実測よりも膨れ上がらせる。

そこにいたものは、熊とも蜘蛛とも猿ともいえないような、まさに「異形のもの」であった。人間の顔とは明らかに異なるのに、まるで怪物の身体に人間に似た顔が仮面のように載っているかのような……そんな感じだ。

動物が、ただ見ているのとは訳が違う。知的に見ているような感じで、妙に生々しい。その白い貌《かお》が恐怖をそそる。そして、明らかに俺を欲していた。

無意識のうちに、鑑定が働いていた。

グリオン。魔物　Ｅランク

喉が異様に渇いた。ビールが飲みたいな。転がって、大地を潤したビール缶が恨めしい。だが生き残りさえすれば、またいくらでも飲める。

落ち着いてよく見ると、足が８本ある。猿のような指のある足に大きな鍵爪を生やし、猪や熊のような剛毛で全身が覆われている。上野の博物館のケースの中に飾ってあった羆《ひぐま》が、チャチな生き物に感じるほどだ。殺される。そう思いながら、この状況を受け入れることはできなかった。

ヤツが動いた。少しずつ、ジャリッ、ジャリッと。心なしか、表情が笑みを象《かたど》っている。獲物を噛み砕く愉悦《ゆえつ》。口の端からこぼれる涎《よだれ》。逃げ出して、背を見せれば、爆発的な跳躍で襲いかかってくるだろう。何の理屈もなく、その事実が理解できた。俺は念じた。死にたくない。もう、こんな体で生きていたくない、いっそ殺してくれ。ずっとそう願っていたにもかかわらず、いざ理不尽な死と対峙すると、情けない生にしがみつく。こんな状況だが、人間とはこんなものなのかと思い知った。

アイテムボックスが起動する。ヤツが跳躍に備えて全身の筋肉を収縮した刹那、その怪奇な生物は、上空から襲う数十本の刃物に全身を刺し貫かれて絶叫した。悪魔の叫びかと思うような、呪詛《じゅそ》と苦痛に満ちた咆哮《ほうこう》に身震いしたが、構ってはいられない。さらに大型の鉄板を呼び出して、まだ蠢《うごめ》いていた悪魔の上から振り下ろした。

バスッ。鈍い音とともに首を取り落とし、闇の支配する森にずっしりと沈んだ。静けさが、夜の黙《しじま》に木霊《こだま》した。炭の火だけが、小さく転々と燃え盛っていた。

俺は全身の力が抜けて、その場で尻餅をついてしまった。

ガサッ。不意の音に、みっともなく飛び上がった。慌てて周りを見るが、何もいない。ふと闇に浮かぶ、小さな赤い2つの目に気付く。小動物のようだ。もしかしたら、普段はグリオンが倒した獲物のおこぼれをちょうだいしているのかもしれない。

そうだ、レーダーMAP！　展開すると、付近に赤い点は見当たらない。さっきの怪物は灰色になっていた。俺はおそるおそる、そいつを目視でアイテムボックスに収納してみた。入った。やっぱり死んでいる。ほっと一安心した。無防備過ぎたと反省する。取りあえず、今日はレーダーMAPとアラームを仕掛けておき、強化を何度もかけたバンガローの中で、すぐに出られるような格好で寝ることにした。

◆◇◆◇◆

まんじりともせずに夜を過ごしたが、いつの間にか寝てしまったようだ。バンガローの中に突き刺さる朝の日差しによって、目が覚めた。そういえば、このバンガローではなぜか電気が使えている。どうなっているのだろうか？　やはり自分のＭＰで生成しているのか？　ＭＰ量が馬鹿みたいに増えて常に時間回復しているし、物品の中には常にＭＰを消費して自動コピーしている物もあるので、よく分からない。とにかく便利なので、バンガローもコピーしておいた。

取りあえず朝飯にするか。安全なバンガローの中で調理にかかる。

まずは野菜ジュースを１杯飲み干してから、ハムエッグを焼いてみる。最初からスライスされているパックのハムを持ってきてよかった。

ハムエッグが焼けるまでに、パックのサラダの封を切り、ミニトマトを添えてドレッシングをかける。あとは、オレンジジュースとヨーグルト、パンという組み合わせ。何だか日本にいる時と同じ飯になってしまった。料理ともいえないような代物だが、定番朝食セットとしてコピーしておく。

朝食を食べながら、元の世界のことを考えた。キャンプ場のこと、借りたままの物品にバンガロー、自宅マンション、管理費や町内会費などなど。マンションは、もうじき大規模修繕だったはず。さまざまな銀行引き落としや、クレジットカードも心配だ。向こうは、いったいどうなっていることやら。電話は通じないが、いざとなったらメールで何とかしよう。

異世界に来て、今日で3日目だ。もう揺り戻しによる帰還は期待できないので、この場所に見切りをつけないといけない。取りあえず街を目指すか！　昨日のようなことがあっては、街の方が安全といえそうだ。


まずは車をアイテムボックスに収納して、ＭＡＰと実際の道を照らし合わせながら、車が通れる道を探すことにした。服装は、ジーンズとTシャツ、トレーナー、ボンバージャケット、毛糸の帽子に革のブーツ。慣れないブーツで歩きにくいが、毒蛇などへの警戒のために履いておいた。手には軍手をはめて、全てに強化を重ねがけしておく。自分も身体強化を発動中だ。武器はいつでも出せるようにしておいた。

鉈で藪を払いながら、山中を進む。レーダーＭＡＰで監視すると、うわあ、あっちこっちに敵が表示された。

【Dランク】の敵を発見した。今遭遇したら死ぬかもしれない。近くにいなくて幸いだった。

2時間ほど歩いたら、獣道のような細い道に出た。狭くて車は通れないため、身体強化して、ガンガンと歩く。いや、ほとんど走っていた。歩けば12時間かかるところを、8時間で広めの道に出ることができた。道の状態は悪いが、俺の車ならなんとか走れそうだ。アイテムボックスから車を出して、乗り込む。ガソリンはインベントリから直接給油できることが分かった。これはとても便利だ。車で道を走っていると、少し広めなスペースを発見した。地面は荒れているが、俺の車なら全く気にせずに上がりこめる。今日は、ここで車中泊するとしよう。

さすがに外でキャンプをする気にはなれないので、車内で飯にした。レトルトやパックご飯は温めた状態で専用のファイルにしてあり、カップ麺用の熱湯も用意してある。ウインナーやハムも焼いて、唐揚げも作ってある。今回は唐揚げとビール、そして助六という組み合わせだ。食後はおとなしく寝ることにした。実は俺の車、車体はでかいが車内は狭い。いろいろ考えたが、リヤシートを倒して、後ろで丸くなって寝た方がよさそうだ。フロントシートの上で寝ていると疲れてしまうだろう。同じオフロード車なら、荷台やシートの広いタイプにしておけばよかったたか……。

エンジンはかけっぱなしで、エアコンの暖房をかける。荷台にアルミマットと寝袋に毛布敷いて掛け布団を被ると、すぐに意識を失った。

2章　おっさん、街を目指す

4日目の朝が来た。体が痛い。次はやっぱりフロントシートを倒して寝よう。

野菜ジュースとサラダ。作り置きのハムエッグ。オニギリと味噌汁。うん、栄養はしっかりと摂らないと。朝飯は、しっかり摂る主義だ。

出発前に、街へ入る時の自分の設定は作っておいた。

遠方からの商人。山間で静かに暮らしていたが、魔物が出るようになったので、街に出て商売を始めるようになった。生まれた国は覚えていない。家族で旅をしていたように思うが、気が付けば1人だった。盗賊、あるいは魔物に襲われたのかもしれない。ここで商売したいので、街に入る許可が欲しい。

こんな曖昧な話が通じるか分からない。戸籍とかがしっかりしていたらアウトだ。身分証がないのも重罪かもしれない。怪しい者として捕まえられたらエライことだが、このまま荒野を旅するのもつらい。かといって拷問や死罪はゴメンだ。悩ましい。

いざとなったら車を出して逃げよう。そんな感じで腹をくくった。

商品は用意してある。調味料の小分け用に買ったガラス瓶、その他、プラ素材の空き瓶を、ガラスや木の素材に作り変えてある。そこに砂糖や塩、胡椒など差しさわりのないものを入れている。

あとはタオル。質が良すぎるような気もするが、まあ木綿製品なのでいいだろう。あまりカラフルなものはやめておいた。

そして、ウイスキーのラベル包装は全て剥がした。古酒も同様だ。瓶がヤバい技術のような気がするが、なるべく出さない方向でいこう。容器が入手できたら入れ替えればいい。

包装を剥いたクッキーも、適当な入れ物を探せば何とかなりそうだ。同じく、パスタも外装を外せば売れるかもしれない。

インク吸い上げタイプの万年筆も持っているが、ちょっとマズイ気がする。たぶん羽ペンか何かだろうな。

現金はないが、金板を用意した。アイテムボックスを使って、角ばった形のウイスキー瓶を、時計に使われていた金の素材でコピーする。〝ウイスキー瓶コピー（金）〟というものができた。10本ほど作り、身体強化後にナイフで切り分けた。強化されたナイフなので、金は苦もなく切り分けられる。曲がりなりにも金板と表示される物体ができた。

取りあえず運転していくので、軽めの服装で出発することにした。

道と思われる所を、車で進んでいく。何があるか分からないので、時速30㎞程度をキープする。

初期の状態のMAPには、街や街道、河などは載っているが、山道などは載っていない。そこに、オートマップ機能によって詳細な地図が作られていく。山というか、森林の詳細MAPが刻まれていくので、元の場所にはいつでも戻れる。今のところ、あの場所だけが元の世界に帰るための手がかりだ。

1時間走ると、山道に変化が現れた。石畳にはなっていないが、紛れもない街道がそこにはあった。明らかに人が作った道だ。轍《わだち》の酷い場所がありそうだが、この車ならまず大丈夫だろう。たとえ轍にはまっても、車をアイテムボックスに収納して、別の場所で出し直せばいいので問題ない。いよいよとなったら歩くのもありだ。

MAPによれば、街まであと50㎞ほどだ。時刻は8時。時間的には頃合だ。少しドライブを楽しむ余裕もあった。昨日、自分の力で怪物を退治できたせいかもしれない。車の中は安心感がある。もちろん車の強化も忘れてはいない。

車窓からの眺めは緑が多い。標識も何もない、地面を平らに均《なら》しただけの道だ。雨が降ったら酷いことになるだろう。

なだらかに続く街道をゆっくりと進みながら、10時前には街に着いた。その佇《たたず》まいは実物を見ると、かなりいかつく感じる。太い鉄材を用いたごついスタイルの門が、入るのを拒否しているかのように錯覚する。少し躊躇ったが、勇気を出して門番に話しかけた。

「こんにちは。私は遠方からやってきた商人です。ここで商売してみたいので、街に入りたいのですが……実は身分証がありません」

言葉は通じたが、説明に納得してもらえなかったようだ。

「何だと？　お前は盗賊の仲間か、どこかの国の間者じゃないのか？　偽って街に入ったら死罪だぞ？」

ああ、どこの国でもこの手の人は、人を疑うのが商売なんだね。

「金は持っているのか？　街に入る時には、銀貨1枚徴収されるぞ」

「あっ、すいません。持っていません……」

商品も見せたが、疑いの眼だ。商人のくせに現金も持っていなかったし、名前を書けと言われたが、何と字が書けなかった。もちろん読めもしない。

「商人のくせに字が読めないし、書けないだと？」

また疑われた。身分証の管理も厳しいらしい。

「人頭税の関係で台帳も整備されている。村でも厳しく管理され、毎年村長から担当の役人に書面で提出され、管轄の領主の下で保管される。お前みたいなのが、ホイホイいるはずがない」

ううっ。甘かった。うちのめされた。この街はそれほど大きくなさそうだったので、いけるかなとか内心では思っていた。辺境の地でも、特に甘いことはないようだ。

「もうこの先に街はない。商売がしたいなら、この街道を戻って村を回れ。辺境の村に来る者は少ないから歓迎されるだろう」

礼を言って、とぼとぼと戻る。捕まらなかっただけマシと思うしかない。


やれやれ、これからどうしたものかと思いながら、来た道を戻り始める。身体強化のＬＶを上げるために、車を降りてわざと歩いていた。休憩しつつ、５時間は歩いた頃だった。いきなりヒュンッと、何かが空を裂く音が聞こえた。

何だ？　と思う暇もなく、数人の男が前後を塞ぎ、取り囲まれてしまった。どう見ても、お友達になってくれそうな雰囲気には見えない。足元に矢が突き刺さっている。たまたま時間を見ようと立ち止まったので、命中しなかったのだ。危ないところだった。いけない、失意のあまりレーダーＭＡＰを展開していなかった！　馬鹿か。遅まきながらレーダーＭＡＰを展開すると、まっかっか。紛うことなき敵だ。

全部で10人か。薄汚れた革の服を着て、その上から粗末な防具を着けている。いかにも山賊といった風貌だ。目の前には8人、伏兵が2人。きっと飛び道具を持ってやがるな。この世界に銃はあるのだろうか？

手に手に得物を持って、舌なめずりしている。銃は持っていないようだ。代わりに弓矢だ。鑑定すると、こいつらは盗賊で、軒並み殺人などの凶悪な罪状がずらずらと並んでいた。ダメだ、このままでは殺される。瞬時に判断し、車を出してさっと乗り込んだ。この前の怪物に懲りて、随分動きはよくなったようだ。

追い詰めた獲物が、まさかそんな方法で逃げ出すとは思ってもいなかったらしく、呆気《あっけ》にとられる盗賊たち。大急ぎでドアをロックする。すかさずエンジンをかけてドライブに叩き込み、アクセルオン！　すさまじいエンジンの咆哮と、見たこともないような物体の突進に、盗賊たちは慌てて飛びのいた。そんな時でもシートベルトは忘れない。習慣というものは恐ろしいものだ。

走り去る間際、盗賊たちの持ち物をいくつか目視でアイテムボックスへ回収した。何かの役に立つかもしれない。足元に刺さった矢もとっさに回収しておいた。

ふ～。危なかった。これは脳内お花畑と言われても仕方がない。命の安い世界だな。このまま放浪するしかないのだろうか。魔物に山賊か。まったく、ありがたくない。

今度はレーダーMAPを展開し、警告アラームも設定しておいた。

◆◇◆◇◆

襲撃された地点は街から20㎞くらいだったが、そこから10㎞走ったところで村が見えた。地図通りだ。その次の村は30㎞先に表示されている。

ちょっと空いたスペースで車を止めて、またシミュレーションする。車はやっぱりマズイよな。パンとジュースで腹ごしらえを済ませ、服装のチェックをした。

時計を丸ごと、丈夫なステンレス製に変えてコピーし、アイテムボックスを付与してある。左側には剣とナイフ、槍、斧などの武器を入れてすぐ出せるようにし、火炎瓶やガソリンのインベントリ、発火器具のインベントリも用意した。右側には、いざとなったら岩や鉄板を前に展開して、盾にできるようにした。右で持つものは左へ、左で持つものは右に収納してある。

さっきのこともあるので、念入りに強化の付与をかけ直し、レーダーMAPもしっかり展開する。

勢い込んで村に向かったが、柵で囲まれた村の入り口には誰もいない。でも、どこかで見ているはずだ。歩いていると、声をかけられた。

「お前は誰だ！」

「こんにちは！　私は旅の商人です」

精一杯の笑顔とともに答える。

「ほお？」

顔に不信の2文字が張り付いている。ちょっと、この世界のファッションと違うからなあ。

革のブーツにジーンズ、トレーナーに革のジャケット。背中に大きいリュックを背負っている。

ここで爆弾を投下した。

「この先で盗賊を見かけましたよ。あと、これを拾いました」

土がまだ付いた矢を見せる。

男は目を丸くして、村長宅に同行するように迫った。そこで、適当に脚色した内容で説明する。

「向こうの街とこの村との間の1／3くらいの場所でした。人数は10人。凶悪そうなヤツらで、かなり武装していました。先に見つけたので命拾いしましたけど」

大げさに、身振り手振りでアピールする。矢を見せると、村長は口髭の生えた口元を一文字にして、口を開いた。

「最近襲われた者もおる。至急防衛の準備をせねばならない。いや、よく知らせてくれたな」

「村を襲撃することもあるのですか？」

「もちろんだ。この界隈でも10年前に村が襲われた。その村は、今はもうない。この矢は、その時の連中が使っていたものに近い。10人ということはないだろう」

こ、こわ～。

「矢1本でそんなことまで分かるんですねえ……こんなものも一緒に拾ったのですが」

ヤツらの持ち物の中から、紋章のようなものが入った布を見せた。

途端に村長の顔色が変わる。

「ヤツらだ……」

そう呟くと、しばらく沈黙が続いた。

「ところで、商店はありますか？」

とにかく現金が欲しい。

「あるとも。この先を行けば、村で1軒の小さな店がある。塩は持っていないかね？」

「ああ、ありますよ。塩、胡椒は持っています」

「それはよかった。防衛戦もあるからな。代官経由で入手を依頼しようかと思っていたところだ。店に卸しておいてくれ。村長のダムルに言われたと伝えれば分かる」

村長に軽く頭を下げて、教えてもらった通りに村の中を歩くと、本当に、こぢんまりとした店があった。小屋だな。

「こんにちは。ダムル村長に言われて来ました」

「はい、こんにちは。何だい？　お前さんは。村長が？」

いかにも村人といった感じの店主が、俺をじろじろと無遠慮に眺め回しながら聞き返した。

「私は旅の商人なのですが、途中で盗賊団を見かけまして、なんでも昔、この界隈の村を襲った連中かもしれないということでした。防衛戦の準備に塩などを卸してほしいと言われたのですが」

いつもは使わない丁寧な言葉で答えた。

「何だって？　あの傭兵崩れの連中か！　分かった。あるだけ出してくれ！」

今物騒な単語が……。一応、すし詰めな感じを装って、実はバッグの倍くらいの量を出す。

プラ瓶詰めの容器をガラス容器と木の蓋に置き換えてコピーしたものや、テーブル胡椒の容器を同様にしたものなどを並べる。

「こりゃあ」

と言って目を丸くする。ヤバい、まずかったか？

「何か？」

「立派な容器だな。高いんじゃないかい？」

「さあ？　そんなに高くなかったですけど」

全部木にしておけばよかったか。もう遅い。これで押し切ることにした。

「今はそんなことを気にしている場合じゃないですよ。さあ、査定してください！」

「分かった。そうだな。せっかく来てくれたし、容器も上等だ。物もよさそうだし、１個銅貨5枚で引き取ろう」

俺は少し考えるような素振りをしてから、

「分かりました。初めての取引ですし、それで」

と、いかにもサービスした感じでにっこり笑う。

塩と胡椒各１００で、銅貨１０００枚分。銀貨2枚と大銅貨30枚、銅貨５００枚を受け取る。

「悪いな。こんな村だからどうしても細かくなっちまう」

「いえいえ、よい取引をありがとうございました。ちなみに宿はありますか」

「ああ、酒場を兼ねて1軒だけある。おまえさんみたいな行商人が泊まるくらいだ。期待はしないでくれ。その代わり安いぞ。銅貨5枚くらいだ。わははは」

よかった！　物価が安い。たぶん銅貨1枚で１００円くらいかな？　とすると、今の手持ちは10万円くらいか。悪くない。

お金は手に入れたが、これをコピーしてしまうわけにはいかない。盗賊たちのステータスには〝賞罰〟が付いていた。お金のコピーをやってしまったら、確実に〝賞罰〟が付くだろう。

いざとなったら、隠蔽スキルの出番かもしれないが、この世界は油断ならない。隠蔽を無効にするような、魔法や魔道具がないとは限らない。そんな危険は、絶対に冒すわけにはいかない。俺は、もともと極端にリスクを嫌がる人間なのだ。

そもそも、金をコピーなんて精神的に受け付けないし、そこそこ稼げそうなので必要もないだろう。

宿は簡単に見つかった。宿屋というのも憚《はばか》るほどに、ボロい建物だった。

「こんにちは。旅の商人です。泊まれますか？」

「ああ、1泊銅貨5枚になるよ」

「お願いします」

銅貨5枚を払って、部屋に移動する。狭い部屋で、粗末なベッドと寝具しかない。これと比べたら、日本のビジネスホテルのシングルルームはスイートルームに思えちまうな。でも、屋根の下で安心して寝られるだけで御の字だ。何より激安というのがいい。

部屋でくつろぎながら、盗賊との防衛戦に巻き込まれた時のために武器を確認する。

・剣：66㎝の短刀。99㎝の大刀。シャベル
・槍：46㎝刃を付けた投擲用短槍。66㎝刃を付けた大槍

・斧：2倍拡大の大斧。投擲用手斧
・ナイフ：投擲用16㎝の2倍拡大アウトドアナイフ。肉切り包丁。鉈
・投下用車分解鉄板：1・5m×2m。幅10㎝×1mの比較的尖ったもの
・車分解重量物：フレーム・エンジン・AT・デフ・ホイール
・火炎瓶：ウイスキー瓶×2。焼酎瓶×1
・ガソリン：インベントリ内
・投下用岩：直径30㎝、50㎝、1m、2mの各サイズ
・投擲用石：5㎝、10㎝の各サイズ
・投下用大型剣：刃長99㎝、1・98m、6・6m、9・9m
・盾：車のドアを強化したもの。ドアの取っ手を持って使う
・兜：圧力鍋を強化したもの。あご紐を付けて、蝶々結びにして使用

何だか……悲しくなってくる。もっといいものが欲しい。爆薬系の武器を作れないだろうか。ネットの情報を見ながら、少し実験をしてみた。

インベントリ内でバッテリーの希硫酸から水分を分離し、濃硫酸を生成。インベントリ内は、設定で状態固定を外してある。ヤバそうなら、ファイルごとゴミ箱へ捨てればいい。車の排気

ガスやコンロの燃焼ガス、小便の中のアンモニアなどを原料に、一酸化窒素、そして二酸化窒素を精製する。そこから硝酸を作り出した。その硝酸と硫酸によって、混酸を生成した。

グリセリンも車関係から分離した。ニトロセルロース、ニトログリセリン、硝酸アンモニウム。とても素では扱いたくない危険物ばかりだ。不安定な物質が多いので、時間停止をしたインベントリに移す。ニトログリセリンからはダイナマイトを生成した。

もっと安定感のある物が欲しかったが、現状ではあまり複雑な物は作れそうにない。プラスチック素材の瓶の容器にダイナマイトを詰めて、天辺に穴を開ける。細い車のハーネスのチューブにニトロセルロースを詰めて、導火線にした。点火してから発火までの時間が読めないので、テストしたいところだ。

ん？　ニトログリセリンなら高所から落とすだけで十分かもしれない。そのうちアイテムボックスから投下して実験してみよう。

ダイナマイトの瓶にボルトやネジ、薄い小金属部品などを詰めて、榴散弾も作成した。破片を撒き散らすタイプの手榴弾みたいなものだ。金属の配置も工夫する。

あと、ガソリンの大型容器を作っておこう。クーラーボックス標準で30L、2倍コピーで240L、20倍（240KL）まで用意した。最大サイズがタンクローリー2ダース分という、とんでもないものになってしまった。数キロ四方を焼き払えるレベルだぞ。

武器を作り終えたので、少し村の探索を行ったが、あっという間に終了した。ホントに何もない村だ。領主館だろうか？　ちょっと立派な建物には、馬がいた。鍛冶屋、そして革職人の店の他には、教会しかない。本当にそれだけだ。酒場と商店はメジャースポットだったんだな。やっぱり、街に入りたかったよ。

お金は貴重なので、飯は自前のコピー品で済まそうとしたが、情報収集のために酒場に向かう。夕方ともなると、酒場はそれなりに賑わっていた。古びたテーブルや椅子が並ぶ。村人と思《おぼ》しき人たちで、８割方埋まっていた。

爺さん２人がかしましく喋っていたので、そのテーブルの横に座って声をかける。

「こんばんは。相席させてもらっていいですか。旅の者ですが、いろいろお話を聞かせていただきたくて」

まずは丁寧に挨拶をした。

「ああ、いいとも」

暇な老人というものは、いろいろ話をしたがるものだから、情報収集には打ってつけの相手だ。ささっと、席を移った。

「お姉さん、こちらのおじ様たちと同じ酒をちょうだい。おじ様たちにも、御代わりをお願い！」

「あいよー」

早速お酒を奢る。はっきり言って、お姉さんを20年くらい前に卒業したご婦人から、活きのいい返事がきた。

「分かっているじゃないか、若いの！」

店の人にオススメの料理を聞いて、それを頼む。先にワインが来たので、まずは乾杯だ。

酒が進むにつれて、いろいろな話を聞かせてくれた。細々と商売していたので、あまり大きなお金を見たことがないと言うと、1人の爺さんが以前村を出ていたそうで、お金の話を聞かせてくれた。

「銀貨の上には、大銀貨、金貨、大金貨、白金貨がある。さらにその上もあるらしいが、さすがに知らんな」

その上があるんだ……。

爺さんはワインを、ぐいっと一口飲みながら続ける。

「昔、商人が扱っている大金貨を見たことがあるが、一般人は金貨さえ拝むことは少ないだろうな」

「時刻についてはどうやって知るんですか？」

「おぬし、何にも知らんのだな。1日は12刻で、街では3刻（午前6時）から9刻（午後6時）まで鐘で知らせてくれる。油は高いから、灯りは酒場くらいでないと使わない。あとは、代官と村長の家くらいだろう」

時計が役に立ちそうでよかった。MAPは違うが、やはり地球と同じような惑星なのだろう。重力に全く違和感がない。恐らく1年も365日だ。ここは平行世界、あるいは隣の世界なのだろうか。まだ日本に戻れる可能性がありそうだ。

「村にはどれくらいの人が住んでいるのですか？」

「この村は400人くらいの小村だ。今日は盗賊の話を聞いたが、本格的な襲撃を受けたらキツイ。ここは辺境だから生活も厳しいし、ダメージを受けたら立ち直れないだろう。昔もこの辺りで村が1つがなくなった。魔物の襲撃で立ちゆかなくなる場合もあるしな」

「魔物ですか。どんなのが出るんですか？」

俺は、昨日の魔物を思い出していた。

「まあ、この辺りは一般的なものだな。ゴブリン、オーク、狼、熊、猪。蜘蛛が巣食うこともある」

「……物騒ですね」

俺は顔が自然に歪むのを感じた。あの魔物の、精神に直接捻じ込んでくるような嫌な感覚は忘れられそうもない。

「まあ、そこはほれ、冒険者の出番だ。ゴブリンは、単体なら村の男でも撃退できるが、オークは無理だ。村総がかりで退治だな。狼は群れを作るから危険だ。熊なんか出ようものなら、その場で冒険者ギルドに討伐依頼決定だろう。ここは辺境だから魔物も多い」

そうなのか。よく知らないので、結構歩いて移動していたよ。山の中でなくても、魔物が普通に出るのね。自分の攻撃手段は遠距離の物理兵器が多いし、強い攻撃は派手すぎて使いづらい。

「冒険者って、どんな人たちなんですか？」

「冒険者ギルドに登録したヤツらだ。ランクの低いヤツの中には食い詰め者もいるから、気を付けることだ」

興が乗ったのか、ワインのコップを振り振り、爺さんがでかい声で喚く。

「この村では冒険者の登録はできないんですか？」

「ああ。ギルドカードは身分証にもなるから、街に入れないような者には発行されない。ギルマスの審査がある。怪しいヤツはあっさりはじかれる」

「そうですか……。他に身分証を手にする方法はないんですか？」

「大きな商会に雇われるか、村長や村の領主の信頼が厚ければ、身分証を出してもらえることもある。ただ、そういうのは基本的に村人だけだな」

これは、思ったよりも街への道のりは厳しいな。

「村人になるには？」

「村長や領主の承認が必要だ。おぬし、なりたいのか？　まあ、頑張れ！」

いや、微妙です。一生村人コースだよね、それ。

「この国って、他国と比べて大きい方ですか？」

「まあ大きい国だな。王都は遠いがでかいぞ！　いろいろなものがある。王宮や王族貴族の屋敷、大商人の豪邸。大劇場、高級商店、高級レストラン、貴族の学校なんかもある。さまざまな工房や宝石店、高級服屋などもあって、広場じゃ催し物もやっておる。武器防具なんかも、すげえのが揃っていやがるぞ。ミスリルやオリハルコンみたいなのもある。まあ拝むことすら難しいがのう」

魔法金属！　ぜひ拝んでみたい！　というか欲しい。コピーできるかもしれない。

「へえ、いいですね」

「まあ簡単には入れてくれんがな。門はいつも長蛇の列じゃ。貴族はもちろんのこと、商人やある程度のランクの冒険者はフリーパスだが」

ですよねー。

「そうそう、この国は稀人が作ったという伝説がある。王家や公爵家なんかは、その子孫なんだそうだ。本当かどうか知らんが。ああ、稀人というのは、ここではないどこか他の世界からやってきた人らしい。いろいろ不思議なことができたりするそうだが、眉唾ものだな」

マジですか……。

さらに1杯奢ったので、爺さんたちの話は続く。

「この国は稀人を保護する決まりになっているらしいが、実際にはどうだか。貴族連中なんかに捕まったりしたらきっと大変だ。だが、王都には入れないだろうから、国に保護されることはないんだろうな。まあ伝説や噂の中の住人だな。初代国王も、物語や伝説の主人公だしの」

何てこった。用心深くしておいて、よかった。それにしても、何て物知りな爺さんだろう！

村人レベルを超えているぞ。

「貴族様の話は？」

「この村の領主様は騎士爵様だな。4つの村とエルミアの街を統治されていて、ご自身はエルミアの街に住んでおられる。村にいるのは代官だ。まあ辺境の地だから苦労されているよ。悪い人じゃない。他の騎士爵家も似たりよったりだ。中には実績を上げようと、無理しているところもあるから気を付けな」

貴族か。トラブルの香りしかしないな。気を付けよう。MAPでパッと見ても、この国の広さは日本の6倍以上ありそうだ。貴族といっても、いろんな人がいそうだからな。

「そこのところを、詳しく教えてくれませんか」

俺はメモを取り出して、爺さんたちの話を書き付けていた。

「騎士爵様の上が、この地方をまとめておられる男爵様。5つの街を傘下に治める大領主だ。ご自身も大きめの街を治めておられる。そう悪い評判は聞かぬが、その下は似たりよったりだなあ。領主次第で、人柄や考え方など人によりけりだ」

ワインを飲みながら続ける。

「さらにその上となると、この南部を治める大貴族の伯爵様だ。そこまでいくと、わしらもよく分からんな。その上が、その寄り親の王都の侯爵様で、その上が国王陛下だ。基本的に常識外の無理をするような人はそういない。国王陛下がお許しにはならんよ。まあ、王都とかの下級貴族はやらかしているかもしれんし、威張っている人はたくさんいるが。他の国に行くと、とんでもないところもある。河を越えた隣国の国民なんて、可哀想なもんだよ。亜人も迫害されておるし、たくさん奴隷にされておる」

隣の国に行かなくてよかった。ここなら、うまく立ち回れば国に保護されることさえ可能だ！　亜人奴隷が気になるなあ。ケモミミか、エルフか。

よし、当座の目標は決まった。どこかで身分証を手に入れる。できれば冒険者の資格がいいだろう。王都へ行って文化的な生活をする。ケモミミ、もふもふも必ずや……。

あとは、スキルを磨こう。身体強化とか諸々レベルを上げて、ＭＰも増やす。魅力的な商品も開発しよう。そして、望みは薄いけど、日本に帰る方法を探すか。

「あ、そういえば、魔法は？」

「基本的にお貴族様のものだ。ただ、貴族の三男以降や、没落して平民になるものもいるので、貴族以外にも魔法を使う人はいるが、かなり珍しい。中でも収納の魔法持ちは引っ張りだこだな。王都の商人なら雇いたがるだろう。あと貴族も。変なのに目をつけられると大変らしいが」

それはいいことを聞いた。

「いやあ。いろいろ聞かせてもらってありがとうございます」

「なんの、なんの。わしらは、そういうことくらいしか楽しみがなくてな」

「あ、お姉さん、お勘定」

「銅貨50枚よ」

俺は、虎の子の銀貨1枚を渡す。

「これでおじさんたちに飲ませてあげて」

「じゃあよい夜を！　いろいろお話をありがとうございました」

爺さんたちに礼を言って、席を立つ。

「おお！　若いのに気が利くな！」

すごい情報だった。銀貨1枚は安かった！

取りあえず、王都方面に向かって、次の村を目指すかな。


その夜、カンカンカンカンという鐘の音で目を覚ます。その鐘も、夜闇の圧力に負けたかのように、ふいに途切れた。

「盗賊だー！」

叫び声が響く。

「何だと⁉」

飛び起きて窓から外を見ると、あちこちから火の手が上がっている。おい！　洒落にならん。

油断していた。苦労してやっと宿にありつけたので、気が緩んだか。あれこれ、自分のスキルを試していたら、そのまま眠ってしまったようだ。レーダーMAPもアラームもセットしてない。痛恨のミスだ。

MAPを見ると赤点がすごい。欄外に赤点が点滅50と表示された。何だ、この数は！　村は奇襲で後手を踏んだらしい。

赤点以外では、黄色が350、灰色が52と表示されている。灰色は死者数か。

なんと、この宿にも盗賊が踏み込んできている。宿の中の黄点がどんどん灰色に変わっていく。ヤバい！　もう2階に来た。【身体強化】を重ねがけすると、力が漲《みなぎ》る。やっと目標ができたのに死ねるかよ。

向こうの位置は、レーダーMAPの赤点表示で分かる。拡大すると、もう扉の前まで来ているようだ。蹴破ろうとしているのか！　躊躇っている時間が全くなかった。

瞬間、覚悟を決めて大槍を取り出し、扉越しに思いっきり投擲でぶち込む。大槍は扉を貫通して、大穴を開ける。何本も取り出しては、夢中で投げた。扉の板が半分以上消し飛んでいた。

立て続けにもう4本ぶち込んだが、赤点4つのうち2つしか消せていない。レーダーMAPを見つつ、部屋の外へ出る。そこにあるのは、6本の槍と壁に磔《はりつけ》になった死体だけだった。残りのヤツらはもう外へ出ている。

まず、目に入ったのは、まともに槍が突き刺さった死体だった。刃渡り50㎝以上の重量級の切っ先が、死体に根元まで突き刺さっている。あまりのパワーに、刺さった部分の体が半分の厚さに潰れてしまっている。そのせいで、普通の死体よりも出血が酷いようだ。

流れ出した大量の血の匂いにむせ返る。文字通りの血の海。通路の半分ほどが、赤く浸水していた。4Lほどの血液パックを床にぶちまけたら、どんな惨状になるか！

初めての殺人に、俺は思わず口元を押さえた。しかし、気にしている暇はない。殺される。

やらなかったら、手練《てだ》れの人殺し４人と狭い室内で白兵戦だった。ほぼ確実に訪れたであろう俺の死。襲撃を受けたので、アドレナリンによって脳も少し麻痺しているのかもしれない。

死体は回収しておいた。後で必要になるかもしれない。こいつらには賞金がかかっている可能性がある。

うわ、ヤツら躊躇いなく火をかけやがった！　油も撒きやがったな。あっという間に火の手が広がった。手慣れてやがる。

くそ、ぶち殺してやる！　こうなったら、殺るか、殺られるかだ。性格が瞬間沸騰型なのが功を奏したのか、躊躇することなく反撃に出た。外にいるヤツらは、２人で固まっている。馬鹿どもに手製の爆弾をお見舞いしてやる。火をつけてアイテムボックスから頭の上に投下すると、あっという間に爆発した。かなりの威力だ。昼間なら白煙ですごいことになっただろう。手で投げていたら、こっちが危ないレベルだ。やはり、素人が即興で作っただけのことはある。これは気を付けて使わないと、自分がズドンだ。あとで改良しておこう。

大音響がしたので、盗賊たちも異変を感じたことだろう。村人を不安にさせるので、あとは刃物でやることにする。

これで４人。ぐちゃぐちゃになった死体は、あまり見ないようにして回収する。

さらに身体強化を重ね、覚悟を決めて2階から飛び降りる。ストン。あまりにも衝撃がなくて拍子抜けした。次の瞬間、ドスンと何かが腹に命中して、ゲホッと息を吐いた。矢だ！　うお！　腑ぬけている場合じゃなかった。身体強化と衣服強化してあったことに感謝した。慌ててレーダーMAPで確認する。こいつらも4人だ。4マンセル？

ヤツらの上は、無用心なまでに開けている。あばよ。槍の雨を降らせてやった。これで8人。見ると赤点が37に減っている。村の人も頑張っているようだ。前もって知らせておいたので、最低の戦闘準備はできていたようだ。レーダーMAPで見つけて、近くの盗賊の後ろに行く。闇の中、槍の煌《きらめ》きが降り注いだ。これで12人。そこから、立て続けに2組を襲撃する。ここまで殺した数の合計が20人で、残りは23人。村人が7人片付けたようだ。盗賊たちはばらばらの場所にいるので、まだ数を減らされたことに気付いていない。無線なんかないしな。

敵の背後に回り込めるところを優先で、順に攻撃していく。身体強化を重ねがけしているおかげで、驚異的なスピードだ。さらに3組を倒した。合計32人。数が減ったので、村人も反撃の攻勢を強める。盗賊の残りがわずか8名を数えるのみになった頃、遅すぎる撤退の準備を始めたようだ。

逃がすつもりはない。いや、逃がしてはならない。また仲間を集めて、活動し始めるだろう。昼間見た村人たちの姿が浮かぶ。俺がちゃんとしていれば、こんなことにはならなかったのに

……。

レーダーMAPで追い、投下槍を500本ほど用意する。戦場に物騒な銀の雨が降った。一瞬にして、残りの敵は全滅した。

無我夢中で合計40人を始末。初の殺人が大量殺人になってしまった。先が思いやられる。でもやらないと、こっちがやられる。そんな世界だ。

それにしても、夜の戦闘でよかった。昼間だと、倒した死体やリアルな血の噴出に、怯《ひる》んでしまったかもしれない。

村の生き残りは322人で、死者は80人に達した。怪我人も多い。生き残りの半分は怪我人だろう。あれだけの襲撃を受けた割に、死者は少なかった方だといえる。村長も無事だった。少なくとも、村は存続できるだろう。

自警団の前に行き、死体をどさっと出した。

「40人倒した。報奨金は出るかな?」

村人は皆、驚愕した。

「盗賊は、全部で50人いた。村で10人、俺が40人。逃がすと面倒なので、全滅させた。昼に俺が見かけた10人もいたようだ。盗賊団は全滅したと見ていいだろう」

「あんた、何者だ？　すごい腕をしているな。それに収納持ちか」

村人の1人が、目を見張って尋ねた。

「なに、1人で行商しているんだ。これくらいはな。盗賊風情に遅れは取らんさ。対応の準備をしていたから、ヤツらが来ても村で対処できると思って寝ていたよ。甘かった。まさか今日見かけて、その夜にここへ襲撃とは。ヤツらも相当切羽詰まっていたのかな」

もう、丁寧語は引っ込めた。荒事を決めちまった後だしね。

「報奨金は出るだろう。街の領主様に報告せにゃあならんしの」

村長が教えてくれた。

「問題は今夜の宿が燃えちまったたってことか。とほほ」

外で寝るしかないかな。車やバンガローは出しづらいな。

「それなら、わしの家へ来なさい。他の、家を失った者たちも一緒でよければ」

「一緒でもかまわない。屋根があるだけありがたい」

うん、外よりはマシなはず。

「今夜は見張りを立てて、警戒する。あんたはゆっくり休んでくれ。助かったよ」

「お言葉に甘えるよ。正直言って、すごく疲れた」

放り出した死体を再び収納する。心が麻痺していたし、あまり感じない。ヤツらが先に襲ってきたのだから、仕方がない。くたくただ。ただただ、泥のように眠りたい。

◆◇◆◇◆

翌朝、粗末な食事が出された。味の薄いスープにわずかな野菜屑。それと、歯が折れるかと思うような、保存食のパン。今、村ではこれで精一杯だ。ありがたくいただく。代官が近くにやって来た。

「今日街へ報告に行くので、一緒に来てください」
「身分証がないので、街には入れないです」
「大丈夫。仮身分証を書きますので、それを使って冒険者ギルドで登録すればいいんです。行商人が冒険者を兼ねるのはよくある話です。あなたは功労者だ。死んでいった者たちのためにも、報いねばなりません」

本当？　思わぬ展開に大喜びする。身を守るために戦っただけで、後半なんかハイになって大虐殺だったよ。

まだ警戒モードなので、自警団は村で警戒と片付けをしている。そのため、代官とその部下と3人だけで街に向かう。馬はやられてしまったので、歩きで行くようだ。

「まあ、盗賊団は片付けたし、あなたも一緒だ。頼りにしていますよ」

「お任せください！」

身分証が手に入るので、目一杯揉み手で媚びておいた。

歩き出して気付いたのだが、ここの世界の人は歩くのが速い。MAP機能で測ったら、時速5km以上で歩いていた。身体強化がなかったら、付いていけない速度だ。

街から歩いてきた道を、今は戻っている。気持ちの方も、あの時とは正反対だ。一緒に歩いてくれる人がいるだけで、気分が全く違う。ましてや、俺に好意を寄せて、街に入れてくれるというのだ。車から見た風景とは違い、世界はゆったりしていた。30kmも歩くなんて、日本にいた時は考えられない。自転車でも、そうは走らない距離だ。

昨日からの分もあって、街に着く頃には身体強化がLV3に、HPは2万になっていた。最初に来た時は厳しくて恐ろしく見えた門も、何か親しみを持って感じられた。しばらく、ここでお世話になる予定なのだ。

11時前に無事街へ入り、領主館に向かった。キョロキョロと、周りを眺めながら歩く。やはり、異国情緒に溢れている。異国というよりは、異世界なのだが……。

街の中心街へと向かっているので、街並みはそれなりに華やかだ。街行く人も、村に比べれば、装いが洗練されている。とはいっても、若い娘さんたちは、いかにも田舎の町娘という素朴さがある。はしゃいで走り回る子供たちだけは、どこでも変わらない。

この世界でも、都に行けば、そういう野暮ったさは抜けるのだろうか？　文化や風俗に興味が出てきた。これも、魔境から街へと軸足を移したことによる余裕だろうか。

建物を見ても、角が欠けたり、剥げたりした部分がある。日本なら寂れた感じが出てしまうところだが、ここでは街の歴史を生み出すもののように感じてしまう。何というか、街全体にそういう調和みたいなものがあるので、見苦しいと思わせるものがない。古い歴史のある、最果ての辺境の街。良くも悪くも、それがこの街のカラーなのだろう。


領主様に会う前に、冒険者ギルドへ連れていってくれた。他の建物の例に漏れず、やや古びた、それでいて違和感のない佇まいだ。物語の中でしか聞いたことのない、ある意味憧れの場所。だが、現実はどうだろうか。代官のコバンザメ状態で、おっかなびっくり用心深く中に入っていく。

奥にはカウンターがあり、壁には仕事の依頼を書き込んだ羊皮紙が留められている。そういや、村でも羊を見たな。牛はいなかった。和牛の肉を持って来てよかったなあ。酒場が併設されていて、いかにも冒険者みたいな人たちが、酒を飲んでいるようだ。獣人などの亜人さんがいないか横目でチェックしたが、見つけられなかった。荒くれ者に絡まれないか心配だったが、代官と一緒だからなのか、因縁を付けられることもない。というか、誰にも気にされていないようだ。

30代くらいの男性が、窓口に座っている。登録作業はドキドキしたが、さすが代官の口利き。髭を生やしてお腹の出た、ギルドマスターが出て来てくれた。盗賊討伐の件もあって、裁定で通常登録の1つ上のEランクが、すんなりと貰えた。ご褒美ということらしい。

「必要事項を記入してください」

差し出された書類を前に、やや顔を赤らめながら、ゴホンと咳をして一言。

「代筆をお願いします」

商人という設定で、代官の特別保証で仮入門させてもらっているんだから、こういう辱《はずかし》めは、やめてよね。皆から軽く笑われてしまったじゃないですか。こちらの世界での名前がまだなかったので、響きの良さから〝アルフォンス〟にした。

カードは特殊なもので偽造ができず、いろいろな情報を記録できる。本人の情報も、自動で読み取って記録するらしい。いわゆる魔道具だ。心配になったので、鑑定でチェックしたら、当たり障りのない内容になっていた。隠蔽のスキルのおかげらしい。

まだ時間があるので、代官の提案で近くの食堂で食事をすることになった。

「それにしても驚きましたよ。すばらしい手際でした。あなたがいなかったら、村は全滅だったかもしれません。とはいっても、村の被害は甚大です。代官といたしましては頭が痛いです」

代官は味の薄いスープを木の匙《さじ》から啜《すす》り、ぼやいた。辺境だから塩とか調味料が少ないのかな。その他のメニューもパッとしない。器にしても、素焼きや木でできた素朴なものだ。

そそくさと食事をして、皆で領主館に戻る。まず、報奨金の計算のために、盗賊の死体の引渡しを行った。領主館前の開いたスペースに、ズラリと並んだ盗賊団の死体の山。血まみれで切り裂かれた、無残な死体が並ぶ。爆発物を使ったものは、すさまじい様相を呈している。時間停止していたために、まだ血の匂いがプンプンと漂っていた。こころなしか、恨めしそうに俺を見ている気がする。

真昼の陽光の下、改めて死体の山を見せつけられる羽目になったので、俺の顔が少し、いやかなり青い。日本だったら、迷わず吐いていただろう。誰も気にしていないのが、一番怖い。物騒な世界だ。

中へ案内されて、応接間に通される。館の中は質実剛健といった風情で、好感が持てる。領主の人柄が出ているようで、少し安心した。

やがて領主が現れ、全員が立ち上がって礼を尽くす。ここでは、指を揃えた右手の掌《てのひら》を胸に当てて、頭を下げるらしい。ぎこちなく真似する。

「ああ、皆の者、楽にしてくれ。先触れから話は聞いている。大変だったな」

厳めしい感じの、領主様が重苦しく言った。

「こちらの方のおかげで被害は最小限で済みました。不幸中の幸いです。つきましては、報奨金を出したいと思うのですが」

代官主導でサクサクと話が進んで、報奨金として金貨2枚が出ることになった。ざっと200万円相当といったところか。

「先に盗賊出没の報をもたらした分も入っておる。それがなければ、被害はもっと増えていただろう」

「あ、ありがとうございます。しかし、こんなによろしいのですか？　村には多大な被害が出て、家や働き手を失った方も多いというのに」

自分の不手際があったので、些《いささ》か気が咎《とが》める。

「それはそれだ。功労者に報いぬというのは、もっとまずい」

「分かりました。正直、零細商人なので助かります」

領主様の気遣いに感謝を述べた。

「これから、どうしますか？」

代官に聞かれ、街に滞在したいことを伝える。

「そうですね……できれば、このまま街に滞在して資金を増やし、その後に王都へ行ってみたいです。華やかそうなので」

「そうですか。分かりました。何かあれば村を頼ってください。歓迎しますよ」

「お世話になりました。お手伝いできなくて、心苦しいのですが」

丁寧に領主様に挨拶をして、館を辞した。ふう。馬鹿丁寧な口の利き方は、疲れるな。


街を散策しながら、どこかで金板を換金できないものかと見回す。街は物入りだ。王都などに比べれば小さいのだろうが、街には違いない。取りあえず、ＭＡＰで換金できそうな店を検索すると、ちらほらと見つかった。

わざと純度を下げておいた50ｇの金板を5枚換金した。大量に出すと命を狙われかねん！

「ほう、これは質のいい金だな」

純度98％でも高かったか。

「そうですか。取引で手に入れたものなので」

「金貨10枚だ」

あっさり終わったので、ほっと一安心。地球に比べて、10倍ほど金の価値が高いらしい。嬉しい誤算だ。

さて、どこかで宿をと思った時、ドンッと体当たりしていく子供がいた。スリか？　全てアイテムボックスの中に入れているので、取られたものはないはずだ。持ち物を確認する。よしOK。所持金は金貨12枚、銀貨1枚、大銅貨30枚、銅貨５００枚。取りあえず、お金があって幸いだ。初日に比べたら雲泥の差だった。

街の風情を楽しみながら歩いていくと、それなりの広場があった。カップルらしき若い人などで賑い、老人に連れられた小さな子供が走り回ったりしている。広場の屋台で串焼きを買い、お勧めの宿を聞いた。

「それなら、そこの大通りを行った、エルミアの泉なんかどうだい？　安くてメシも悪くない」

「へえ。風呂は？」

「そんなものがついているのは、大商人や王侯貴族の止まるような高級宿だろう。お前さんが泊まるような宿にはついていないよ。大人しく、街の風呂屋に行きな」

この世界には風呂屋があるのか。助かった。串焼きをかじりながら、宿への道をたどった。日本では地図を持っていても東西南北を間違えるほどの方向音痴だったが、ＭＡＰがあるので迷わない。ナビが付いているみたいだ。

勧められた宿は、朝晩飯が付いて1泊大銅貨5枚。辺境にしてはいい宿らしい。王都でそこそこの暮らしをしたいなら、たくさん金がいるな。

もうすぐ夕方になる。情報収集の前に、一風呂浴びることにした。日本の銭湯に比べたらうらぶれた感じだが、まあそれも趣があっていいだろう。木の湯船も檜みたいないい木材ではないが、久しぶりの風呂を堪能できた。

その辺の酒場を物色したら、またもや話の好きそうな爺さん2人組を発見。どこにでもいるよね、こういう人たちって。酒を奢りつつ、世間話などをする。

聞きもしないのに、いろいろなことをまくしたててくれた。領主の話、色街にある店のシステムあれこれ、王都の話、王や貴族の話、奴隷システム、魔物や冒険者の話、獣人などの亜人族、武器の話、建国神話と稀人の初代王についてなどなど。王都の裏表を聞くと、王都に行くのも善し悪しだなと思った。トラブルに巻き込まれる可能性も大きいわけか……。でも、やっぱり行ってみたいな。

しかし、魔物のことを考えると、戦闘力を上げたいところだ。物理兵器は威力があり過ぎて、人目があるときは使いづらい。魔法が欲しいな。その辺を聞いてみた。

「まあ、冒険者ギルドなら、魔法の使い手もいそうだ。あと教会なら回復魔法を使う。習うのなら大金がいるぞ」

うん、いい話が聞けた。

回復魔法なんて最高じゃないか。再生のスキルは、おおっぴらには使えない。爺さんたちにたっぷり奢ったあと、宿に帰ったら飯の時間ギリギリだった。

◆◇◆◇◆

翌朝、朝飯を食ってから冒険者ギルドへ向かう。昨日、お世話になった人を探して、魔法について軽く聞いてみる。

「こんにちは。魔法を習ってみたいのですが」

「魔法ですか。そうですねえ。ここは辺境過ぎて、使い手があまりいないのですよ。ここに出るような魔物は剣や槍で対処できるし、もともと魔法は貴族様とかが使うものでしょ。ここは一番縁遠い場所かもしれませんね。王都のギルドならば、対応してくれますが」

芳《かんば》しくない回答が返ってくる。これにはがっかりした。当てが外れたな。肉弾戦専門ですか。ここで冒険者するのは御免だな。

「回復魔法なら、教会で聞いてみたらどうでしょう。ただ、かなりお金がかかるでしょうけど」

教会の場所を教えてくれたので、お礼を言ってギルドを後にした。

徐々に寂れていく街並みに、やや眉を寄せつつ、歩を進めた。だんだんと壁の剥がれ具合もひどくなっていく。歩いている人の服装のランクも落ちていくのが、一目で分かった。これは期待できないかもしれない。控えめな評価で期待を押さえ込む努力をしてみたが、モチベーションの低下は否めなかった。

冒険者ギルドで教えてもらった教会は、街の外れにあった。何ていうか、趣があるというか、歴史を感じさせる佇まいだった。うん、ハッキリ言えば、ボロい。壁のタイルの剥げ具合とかいい感じだ。屋根なんか傾いてない？

中を覗くと、子供がいっぱいだ！　外で遊んでいた小さい子供たちが、人懐っこく纏《まと》わり付いてきた。手でじゃらしながら、中へ進む。

手をポケットに突っ込んだまま、壁にもたれて無感情に傍観している子たちを横目で見つつ、教会の人に猫なで声で聞いてみた。

「こんにちは。神父様いますか？」

「何か、御用ですか？」

教会の服らしいものを着た、30代半ばくらいの優しげな男性が答えた。

「実は回復魔法を覚えたいのですが、冒険者ギルドでこちらをご紹介いただきまして」

「そうですか。それなら取得に金貨20枚かかります」

その男性は、心なしか疲れているように見える。いや気のせいじゃないだろう。シスターみたいな人はほとんど見かけない。いるのは子供ばかりだ。

「今、手持ちの現金が少ないので、工面してきます」

一度教会を出た。高いな～。でもあれだけ子供がいるんじゃ、それくらいはしょうがないか。取りあえず、金を用意しないとまずいな。換金所をいくつか回り、金板20枚ずつ5カ所で換金し、金貨200枚を手に入れた。

せっかく金ができたので、街で食料などを仕込みまくった。初めて見る中世風の街並みを珍しそうに眺めつつ、こちらの物品の取得に精を出す。商店の雰囲気は、日本でいえば昭和の香りがするような感じだ。八百屋や三河屋といった形態かな。

揚げパンにフルーツ、串焼き、クッキー、小麦、食用油に野菜。あとキャンディーも発見。スープの素、干し肉なども買い込む。その他、各種布地と糸や針、羊皮紙にペンとインク、服に下着にサンダルなどを仕入れて、アイテムボックスが賑やかになった。

午後からは、魔法を教えてもらうために教会を訪ねる。子供たちにいろいろな物を寄付したところ、大歓声が沸いた。寄付した食い物は瞬く間になくなり、神父様は苦笑を浮かべた。

冒険者ギルドの人は、この現状を知っていて紹介したな。

この世界にもあったらしい親切に少し触れて、ほっこりした。これまではあまりにも殺伐とし過ぎて、心が病んでしまいそうだった。

お腹一杯な小さい子を寝かしつけて、やっと魔法の講習だ。講習もただでは行われない。ちゃんと患者さんを受け入れて、講習者は助手扱いだ。

少し待っていると、骨折の人が来た。神父さんが魔法を発動したので、それを解析しながらじっと見る。解析する時は、魔力が目に集まってくる感じだ。神父様の体の奥から魔力が発せられる気配を感じると、それが呪文の詠唱とともに腕から光を発しながら出て行くように見えた。あくまでそう見えるだけのものだと思う。魔力で見ているような感覚だから、そう映るのだろう。

よし、覚えた。そのプロセスを一体にして、自動でスキルのパッケージを作り上げた。

ステータスでも確認する。

全属性魔法　回復魔法　ヒールＬＶ１

そして、スキル欄には【見取りＬＶ１】と表示されていた。

やった、覚えた！　何か変なスキルができている。魔法を覚える手順をスキルとしてまとめたようだ。これは、あると便利だな。

患者さんの骨はつながったようだ。治療費はあまり払えていない模様だが……。

その後、病気の患者さん、毒にやられた人、大量の怪我人、毒の重傷者、重病人、継続的な回復が必要な人、食中毒の複数人が訪れて、次のスキルを覚えた。

・キュアーLV1
・クリヤブラッドLV1
・ポイズンヒールLV1
・エリアヒールLV1
・ハイヒールLV1
・エリアハイヒールLV1
・ポイズンハイヒールLV1
・ハイキュアーLV1
・ハイクリヤブラッドLV1
・リジェネレートLV1
・エリアリジェネレートLV1

「タイミングがいいですね。一通りお見せできました。こんなことはなかなかありませんよ。

おお、全部覚えられたのですか？　おめでとうございます。こんなにすぐ覚えた方は初めてです」

「ありがとうございます。これで安心して旅ができます」

丁寧に礼を言って帰る。

やった、念願の魔法をゲットできた。回復魔法はありがたい。ん、村には怪我人がたくさんいたよな⁉　明日、差し入れを持って村に行ってみるか。

もう一度買い出しに行き、食料や衣料品などをアイテムボックスに収納しておいた。

◆◇◆◇◆

異世界7日目。

翌日、朝飯を食った後、村へ走っていく。魔物が出たら倒すくらいの意気込みでいたが、何事もなく、30分で着いてしまった。

村の人に挨拶しながら見て回っていると、村長を見つけた。

「村長さん！」

「おお、無事に街に入れたらしいね。今日はどうしたんじゃ？」

「実は、街で回復魔法を覚えましたので、よければ村の皆さんの治療をと思いまして」

「それは、ありがたい。治療や薬も高くて、なかなか十分な手当てができておらんのでな」

村長との話で、動けないくらいの酷い怪我人から診ることになった。

30人ほどの重症者は、代官の屋敷に集められていた。ここは守りが堅かったので、馬小屋をやられた程度の被害で済んだようだ。

まずは、エリアヒールから実施すると、数人は起き上がれるようになった。さすがに重傷者には、これじゃダメか。エリアハイヒールをかけると、ほとんどの人が動けるようになった。

さらにエリアハイヒールの重ねがけをすると、全員が無事に回復した。

「すぐ動き回らないように。血を流し過ぎているので、栄養を摂ってしっかり休んでからね。毒が使われてなくてよかったよ」

取りあえず、怪我人にはコピー機能を利用してカップスープを提供する。使った回復魔法がそれぞれＬＶ２に上がっていた。最初は上がりやすいだろうし、成長補正もあるはずだ。

続いて、軽症の人に集まってもらった。軽症といっても動けるだけで、骨折や酷い裂傷や切り傷の人もいた。全部で50人ほどだ。この人たちは、エリアハイヒール１発でケリがついた。パワーを込めたので、ＬＶ３に上がった。

食事を摂っていない人がいるようなので、炊き出しをすることにした。寸胴鍋にシチュー

（レトルト）を用意し、街で買った比較的柔らかいパンを組み合わせた。

昼からは瓦礫《がれき》の除去を手伝った。アイテムボックスにどんどん収納していくだけの簡単な仕事だ。夕方までには、ほぼ終了した。あとは、村で頑張ってもらうしかない。領主から見舞金も出るようだし。

「じゃあ、俺はこれで失礼します。明日は王都の方へ行こうかと思っているので」

村の人に挨拶をして、引き上げることにした。

「そうか、元気でな。お前さんのおかげで、いろいろ助かったよ」

「怪我を治してくれて、ありがとう」

村の人たちが手を振ってくれた。


走って帰ったので、日が暮れる前には街の宿に着くことができた。ここ数日のことで心が殺伐としていたが、少し軽くなったのが嬉しい。ステータスを確認したら、身体強化がＬＶ４、ＨＰがＬＶ４で2万ＨＰになっていた。

翌日、しばらく換金できないかもしれないので、追加で金貨２００枚分を換えておく。手持ち金貨３９０枚、銀貨58枚、大銅貨30枚、銅貨４５０枚となった。

教会を訪ね、王都へ向かう話をする。

「お世話になりました」

「こちらこそ、お元気で。もう、こちらにはおいでにならないのですか?」

「いえ、またいつか来ようと思っています」

差し入れ用の食料などを見た時の子供たちの笑顔がたまらない。別れ際は、壁にもたれていた子供たちも見送りに出てきてくれたので、ちょっと嬉しかった。好きでこの世界に来たわけではないが、もう少し頑張れそうだ。

◆◇◆◇◆

もうこの世界へ来て8日目になった。

MAPで確認すると、王都まで700kmくらいの距離だ。あまり見られたくはないが、さすがに車を使うか。

街道を車で飛ばし、馬車を見かけるたびに降りて、走って駆け抜ける。それを繰り返していたら、身体強化がLV5になっていた。もういっそのこと、全部走っていった方がいいんじゃないだろうか。

HPはLV5で5万HPだが、この数字が何を表しているのか分からない。他の人を見ても、そんなものはないのだ。しかし、王都で攻撃魔法を覚えるまでは、できるだけ慎重にいきたい。多勢に無勢で接近戦に持ち込まれたら、やられてしまうかもしれない。いつも上手く逃げられるとは限らないのだ。あの夜の怪物の恐ろしさを、思い出した。

だが、その方針も長続きはしなかった。道中、キャラバンがいたので車を降りたら、ちょうど魔物と接敵した様子だ。レーダーMAPに赤く表示が出て、【オーク　Eランク】とあった。オークか……女騎士はどこだ！　ついに「くっころ」さんに出会える。オークは全部で50体に対して、馬車は3台だ。冒険者は5人で、少し分が悪い。女騎士はいなさそうだった。

冒険者のリーダーらしき人の顔色は良くない。どうしようか迷ったが、経験を積む選択をした。これくらいの相手ならば、腕試しとして最適かもしれない。

「おーい、そこの冒険者！　助っ人はいらないか？」

こちらの姿がよく確認できるように近づき、大きな声で呼びかけてみた。

「おお！　助かるが、いいのか？　戦力差が、いかんともしがたい。こんな場所でオークの大群と遭遇するとはな。集落が作られたのかもしれない。ギルドに報告せにゃならんが、生き残れるかどうか」

豚の頭に、戦士の体躯。手には棍棒や木の槍を持っている。石斧を作るだけの知恵はあるようだ。武器は粗末でも、あいつらの力で振るわれたら、熊が得物を持って襲ってくるようなものだろう。豚だって見慣れれば可愛いけれど、こいつらは無理だ。

「あんたが報告すればいいさ」

言うや否や、オークの上から刃物の雨を降らせてやった。あろうことか、50体がスクラムを組んでいやがったのだ。身長2m、体重120~150kg程度のオークたちに、刃渡り1m以上、重さ25kgもある鋭い切れ味の和ナイフを、20m上から1000本ほど降らせてやった。それだけで、あっさりと全滅だ。

MAPに映し出したヤッらの陣形ぴったりに合わせて、調整して投下する余裕さえあった。経験豊かな戦闘のプロと一緒なら、すごく強気なおっさん。

冒険者たちは、その戦果に目を丸くした。魔物からは、魔石が取れるそうだ。ザクザクと刃物で抉り出す、すさまじくスプラッターな光景が目の前に広がった。おっさんは、ビビって1人だけお茶を飲んでいた。

キャラバンということで、あまり荷物が持てないそうなので、彼らの取り分として魔石を全て渡した。残ったオークの体は全てアイテムボックスに収納した。

「収納持ちか!」

商人さんの方が反応していた。その商人さんはお礼に立派な剣をくれたので、さっそくコピーして強化をかけてみた。一緒に行かないかと誘われたが、先を急ぐのでと断った。文明の利器の使えない、不自由な旅はしたくない。

何だかんだいっても、車での移動は速い。1日走っただけで、王都までの道のりの半分くらいまで来てしまった。近くに見える街で宿を探そうと思ったが、街に入れてくれなかった。

「何で入れてくれないんだ。身分証も金もあるんだぞ」

文句を言ったが、追い散らされた。何てこった！

頑張ってもう1つ先の村に行ったら、ぎりぎりで宿が取れた。そこで話を聞いたら、先ほどの街では領主家で跡目争いをしていて、半封鎖状態のようだ。反対勢力の人間を入れたくないらしい。アホか！　街が寂れてしまうぞ？　街の宿は閑古鳥が鳴いているはずだ。そのおかげで、この村に1軒しかない宿は完全に満室だよ。

3章　おっさん、王都で上級魔法をマスターする

異世界9日目。

王都まであと320㎞くらいだ。途中から馬車や荷車が増えてきたので、車から降りて足で走ることにした。頑張った甲斐があって、昼の1時には無事王都に到着できた。

王都へ初めて入る人には、厳しいチェックがある。この入場審査の列が酷い。水晶の魔道具で、賞罰の有無も確認される。村の物知り爺さんが、「賞罰に貨幣偽造でもあったら1発で！」と首をかき切るジェスチャーをしていたのを思い出した。

身分証のある者用とない者用、あとは王都在住の冒険者や商人などの専用門、貴族用の特別通用門がある。身分証のない者用の門に並んでいる人も、俺とは違って元の住所はあるんだよな。何かの都合で、証明が出てないだけで……。証明を出してもらうには、一度故郷に戻らないといけないそうだ。その旅費が出せない人もいるらしい。

しょうがないので飯は立ち食いにする。途中の街で買っておいたサンドイッチとホットドッグをパクつく。これが結構美味い。

食べていると、何か視線を感じた。ハッと見たら、前に並んでいた子供がじっと見ている。

7歳くらいの女の子だけど、ちょっと痩せているな。

「食うか？」

アイテムボックスから、人気のハムサンドを出してやった。子供は嬉しそうにするが、親がいらないと手を振る。子供がとても悲しそうな顔になる。

「金はいらないから持っていけ。あんたの分もやろう」

驚いた顔をするが、礼を言って受け取ってくれた。子供が嬉しそうな顔で食べていたので、アイテムボックスから水も出してやった。

「魔法使いなの？」

子供は、興味深げに見上げている。

「いや、これは収納のスキルさ。あ、回復魔法は使えるがな。他の魔法を習いたくて王都へ来たんだ。辺境の街では習うことができなかった」

「すごいなあ。回復魔法を使えるなら、お金儲かるよね」

「そうだな。でも本業は商人だ。冒険者もやるが」

「ふーん」

まったりと話をしていたら、列が少しだけ進んだ。

気が付くと、何か騒ぎが起きていた。どうやら、馬車が人を撥《は》ねたようだ。退屈していた子供が、馬車の前に飛び出してしまったらしい。母親が大声で泣き喚いているが、お貴族様の馬車だから逆に怒られてしまっている。

しょうがねえな……。

「おい、そこ、俺の場所だからな！」

後ろに並んでいたヤツに言い放ち、さっきの子供に頼む。

「ちょっと、この場所をとっておいてくれ」

子供が頷いた。

「診せろ」

俺は、野次馬を押しのけて前へ出た。

怪我をしたのは4歳くらいの男の子で、かなりの重症だ。目を開けずにぐったりしている。内臓も潰れて、骨もあちこち折れていそうだった。

「ハイヒール」

まだダメか。やっぱり、所詮はLV1だな。でも、今のでLV2に上がった。こんなことなら、さっさと回復魔法のLVを上げておくんだった。

「ハイヒール」

まだだ。

「ハイヒール」

ＬＶ３に上がった。

子供が目を開けた。もう少しだ。

「ハイヒール」

ほぼいい感じになった。念のため、もう1回重ねがけする。子供が泣き出して、母親にしがみついた。

母親は、困った様子で必死にお礼を言っている。

「俺が勝手に治療したんだ。お金はいらないよ。まだ無理はさせないようにな。少し栄養を摂らせた方がいい」

ついでに、いくらかの食い物を渡す。

「もう飛び出さないようにな」

子供にはそう言って、頭を撫でた。

母親に何度もお礼をされながら、列に戻った。

後ろの人が、間を空けて列に入れてくれた。

「すごいな、あんた。無料で治してやったのか」

「しょうがないだろ。あのままにしてはおけん。子供が死んでしまうわ」

3時間ほど並んで、やっと自分の番が近づいてきた。仲良くなった後ろの人と話をしていたので、結構時間を潰せたのが幸いだ。前の子供も混ざって、楽しく過ごした。おやつもやったけどな。

せっかく番が来たのに、前に並んでいた親子が門前払いされてしまった。何があったのか尋ねると、紹介状を持ってきたらしいが、身分証がないので列が違うと言われたらしい。親子は泣きそうな顔をしている。

「おい！　情がねえな。その書面じゃ中に入れないのか？」

俺が代わりに文句をつける。

「向こうの列なら入れる。並ぶところを間違えた、こいつらが悪い！」

向こうの列はすごいことになっている。丸1日かかりそうな勢いだ。

「そうか」

俺は呟くと、いきなり門番の手を取り、握手した。そして、そのまま銀貨1枚をスルリと握りこませた。門番は驚いた顔をしたが、ちらっと手の中を見てから、親子に向かって大きな声で言った。

「まあ、今回は通ってよし」

ニコっと笑って、親子を通した。自分も賞罰判定の魔道具に手をかざしながら、冒険者カードを見せると、門番は手で〝行け〟と合図をした。手を上げて、挨拶して通る。俺の分の銀貨は、テーブルに置いてある。

「ありがとうございました。本当に助かりました」

「ありがとう、お兄ちゃん」

待っていた親子から礼を言われる。

旅先で夫を亡くし、知人が王都で商人をしているそうで、頼った商人の妹からの紹介状しか持っていなかったようだ。身分証の取れる地元へは遠すぎて、とても子供連れの女だけでは旅はできない。

「なあに、気にするな。困った時はお互い様だ」

一歩間違えれば、俺もあっちの列だった。

「やるじゃないか。気にいったよ。僕はアルス。またどこかで会ったら、よろしくな」

後ろにいた男に背中をどやされたが、悪い気はしない。

「俺はアルフォンス。またな！」

親子と別れて、宿をＭＡＰで検索してみた。夕方になってきたので、適当な宿にしておく。

宿へ向かう途中、王都の街を見回すと、石造りの華やかな建物が軒を連ねている。彩りも、思ったよりは豊かな世界だ。王都……かあ。確かに華やかで、エルミアに比べれば格段に綺麗だけれど、それなりの文明国であった日本と比べるとなあ。コンビニはなく、スーパーやドラッグストアもない。無造作に病院の看板が立っていることもない。バスにタクシー、電車もない。デパートにファストフード店、イベントなんかもないし。カラオケにシネマコンプレックスが懐かしいなあ。

東京でなくても、地方の都市でさえ十分楽しかった。縁日に花火。ああ、日本に帰りたいなあ。生ビールも飲みたいし、温泉も行きてえ。

益体《やくたい》もないことを考えながら歩いていると、目的の宿に到着した。宿自体は、可もなく不可もなく。こぢんまりとして、華美な部分は何もない。これで銀貨1枚か……たけえ。その割には、村の宿よりマシなくらいか？　寝具もそれなりでしかない。うん、しょうがない。王都に来たのだから、物価が高いのは分かりきったことさ。

晩飯は別料金だった。大銅貨2枚。高いけど、美味しかった。辺境とは、特に調味料の差が激しい。今日は疲れた。さっさと寝ることにする。

◆◇◆◇◆

異世界10日目。

初めて迎えた、王都の朝。取りあえず、今日は換金所を5カ所くらい回ることにした。

換金所に行く途中、道の石畳に目がいく。王都は石畳の目もきちんとしている。エルミアはそこまで手が回らないのか、かなりでこぼこな感じだった。ただ、あれはあれで全体として調和していた。

この街は、王宮を中心に同心円上の作りとなっている。王宮見物に来た場合は、迷うことも少ないだろう。王宮は東西南北を4つの門で守っており、その他は高い塀で囲まれている。なんでも、稀人の初代国王が魔法で作ったそうで、3重の塀によって外敵から王宮を守っている。ただ、初代国王は、民を守るために自分から出陣したとも聞くから、立派な人物だったのだろう。

一番内側の塀の中はいわゆる丸の内で、貴族街だ。俺たちは入れないゾーンといえる。次の塀の中は富裕層のゾーンで、その外と外壁の間が一般住人の住むゾーンだ。これらは、警備の都合で分けられているらしい。一般市民は一般住人の住むゾーンしか入れないが、依頼とかを受けた場合は別らしい。高ランクの冒険者は、富裕層ゾーンに住む許可が出るそうだ。

貧民街は、この王都の中には存在しない。その代わり、王都に入る門ではじかれて、行き所がない者たちが近隣の都市に巣食うことになる。当然治安も悪いし、いろいろ問題は起きるが、王都の中にスラムを作られるよりはいいのだろう。それでも、実際にはスラムができているそうだ。

稀人が作った国か。恐らく日本人と思われるので、もっと日本的なところを期待して来たのだが、そのへんは期待外れだった。俺だったら、京都みたいに碁盤の目のような都市を作るな。建物にも和風のテイストを入れたいところだ。

換金所を5軒回って、大金貨で金貨1000枚相当分が手に入った。現在の手持ちは、金貨1390枚相当、銀貨55枚、大銅貨28枚、銅貨420枚。エルミアでも魔法は高かったが、ここではさらに料金アップが見込まれる。金はあるに越したことはない。王都は物価が高いから、大銅貨の使い勝手がいいかもしれない。

用意した金の使い道は、攻撃魔法とミスリルにオリハルコンだ。まずは、冒険者ギルドを覗いてみることにした。MAPで検索すると、冒険者ギルドが表示される。冒険者ギルドは、王都の第2外壁の西側にあった。

冒険者ギルドに入ると、中はそれなりの賑わいだった。比較的空いている窓口で並んで待っていると、隣の列で順番をめぐって喧嘩しているヤツがいる。迷惑だな。20分後に順番が来たので、20代男性と思われる窓口の人に聞いてみる。

「魔法を習いたいんだが」

「適性がありますので、お調べします」

そうなのか？　ステータス画面には、全属性魔法と書いてあったんだけど……。

「どうやって調べるんだ？」

「魔道具で見ます」

「取りあえず回復魔法は、ある程度使えるんだけど」

そう言うと驚いた顔をされたが、係の人間を呼んでくれて案内された。小さめの会議室みたいなところで、正方形の不思議な色合いの金属の台座に、小さな水晶が載った魔道具を出してきた。

「料金はどうなっている？　その魔道具の使用料はいくら？」

「魔道具は無料で、魔法は1つにつき金貨10～100枚です」

思ったより高いな。

「分かった。お勧めは？」

「そうですね。使い勝手からいけば、エアカッター、エアバレット、アイスランス、サンダーボール、アースランス、ストーンバレット、マジックアローといったあたりでしょうか。ファイヤーボールは人気ですが、火魔法は使う場所を選びます。次は補助魔法ですね。よく使われるものがお勧めです。ファスト、スロウ、アローブースト、アタック、ストロング、ハード、インパクト。これらは初級ですので、金貨10枚で覚えられます。あくまで適性があればの話ですが。威力は魔力に依存します。では測定しますね……こ、これは！」

係の人が目を見張る。

「どうしたい？」

「すごい。いろいろな属性に適性があります。こんな人は見たことがない。普通はあって1つ、多くても2つくらいです。3つはごく稀ですね。ただ、多いと器用貧乏になる傾向がありまして……」

マジか！　そのへんは魔力量でカバーしたい！

「取りあえず、さっき言ったものは全部覚えたい。15種類だったよね？」

「わ、分かりました。では代金の方が金貨150枚になります」

大金貨15枚を渡す。

「あと、ミスリルやオリハルコンの武器とかはある？」

「ミスリルは在庫がありますが、高いですよ。ナイフで金貨200枚です。オリハルコン製は滅多に出回っていません。あれば買い取りたいくらいです」

素材が手に入ればと思ったんだが無理か。今度どこかで借りられないか、聞いてみよう。

「じゃあ、ミスリルのナイフもくれ」

大金貨20枚を渡す。

「確かに。では先にナイフをご用意します。お待ちを」

残金は、大金貨65枚、金貨３９０枚、銀貨55枚、大銅貨28枚、銅貨４２０枚となった。

かなりの時間、待っていると、ナイフを持ってきてくれた。大きめだが、しょせんはナイフだ。鑑定すると、間違いなくミスリルのナイフだった。懐にしまう振りをして、アイテムボックスへ収納し、コピーしてみた。問題なくコピーできたが、すさまじいＭＰ消費だ。

「じゃあ、魔法を。こちらへ、ついてきてください」

演習場へ入っていった。何人も並んで待っている。各属性の教師なのだろう。

「1回やるので、見ていてください」

見取りスキル発動。全員が一通りやってくれた。よし全部覚えた。前へずいと出て、習った魔法を真似てみせた。驚きの声が上がる。

「こ、これは！」

やりすぎだったか？

「回復魔法持ちだと言っただろう？　魔法を覚えるコツは身につけているよ。他の魔法は覚えられないか？」

「中級の各属性のストーム系が5種類あります。全部で金貨２５０枚になりますが」

大金貨25枚を渡す。ささっと、中級も覚えた。威力は十分あるらしい。

「お見事でした。こんなに魔法を使えて、しかも、さっさと覚える人は見たことがないです」

そうか、目立ち過ぎるかな。まあ、いいさ。とにかく身を守る方法がないとな。

「そういや、辺境からここに来るまでの街道で、魔物と1回しか会わなかったんだけど、街道に魔物はたくさんいるの？」

辺境では、遭遇したけどね。

「本当ですか？　運がいいですね」

「その代わり盗賊団には会ったよ」

「それは大変でしたね」

うん、大変だったよ。

「上級魔法は覚えられるの？」

「ええ。ただし、日取りを合わせないといけませんので、すぐというわけには」

「了解。では、またいずれ」

演習場を出て、ギルドのショップで武器を見ていた。

「この剣なんかどうだい？」

両手剣を勧めてくれた。もらった剣はあるが、それだけじゃな。あとショートソードに槍、短槍も購入。全部で金貨6枚。次が革鎧。調整をしてもらって、金貨2枚だ。

お次がポーション。怪我を治すヒールポーションが一般的だが、魔法使い用のMPポーション、状態異常を治すキャンセルポーション、解毒に特化したポイズンポーションの初・中・上を各ポーション揃えた。

上級ポーションはなかなか入荷しないため、常に在庫がない状態だ。今日は、たまたま1本ずつあったようだ。これで、残金は大金貨34枚、金貨397枚、銀貨117枚、大銅貨28枚、銅貨420枚となった。

宿に戻って、ポーションのコピーを開始。さらに、買った装備をミスリルの材質でコピーしたら、MPのLVが1つ上がってLV8になり、魔力は3436億MP近くになった。増え方が半端ない。ステータスを見たら、HPが10万まで上がっており、LV6になっていた。やはり身体強化と連動しているのか。攻撃魔法もLV上げしておきたいのだが。MPがすごいことになっているので、演習場を探さないといけない。

◆◇◆◇◆

異世界11日目。

今日もギルドへ行ってみる。掲示板にポーション納入のクエストがあったので、上級ヒールポーション200本の納入を希望した。渡したら、なんか奥へ通されてしまった。何だ？

「あー。待たせたな。ここのギルマス《ギルドマスター》のアーモンだ。単刀直入に聞く。あのポーションはどこで手に入れた？」

「はあ？　ポーション納入のクエストを受けただけだが。特にポーションのランク指定はなかったぞ。何で、そんなことに答えにゃならん？　俺は商人だ。商人に仕入先を吐けとは愚かな男だな。冒険者の親玉っていうのは、ただの馬鹿なのか？」

「むう。そういう問題ではない。あのクエストは、基本、初級・中級を対象にしたものだ。どの冒険者ギルドでも常識だぞ。この上級ポーションは、おいそれと作れるものではない。それが何故こんなまとまった量が出回る？」

「この程度がか？　こんなもの、せいぜいがハイヒールの重ねがけ程度の効果だ。たいしたもんじゃない。話に聞いたグレーターヒールに匹敵するわけでもない。ぼったくりだ。あ、分かったぜ。値崩れを恐れていやがるんだな？」

ギルマスは天を仰いだ。

「値段は下げない。下げちゃいけないものだからな。話が噛み合わんな」

「おい！　さっさと金を払え！　商人から商品を受け取って金も払わんとは、どういう了見だ！」

「話を聞くまでは払えん」

「ならポーションは返してもらおうか！」

「断る」

埒《らち》が明かなかった。

「そうか」

レーダーMAPで検索……あそこか。立ち上がって、ズンズン歩く。

「待て。話は終わってないぞ！」

ギルマスの部屋を出ると、すさまじいスピードでポーションの置き場に行き、素早く収納してやった。

「収納？」

職員から驚きの声が上がった。

「この取引はなしだ。代金を踏み倒すと宣言しやがった」

「誰がですか？」

「ギルマスだ。王都の冒険者ギルドのギルマスは盗賊だと、全ての商人の間に触れ回ってやる。ふざけやがって、あの野郎！」

「待て。話を聞け」

ギルマスが追いついてきた。

「聞く耳などない！　全く何てとこだ。商人を舐めてるのか！」

顔を見合わせる職員を尻目に、ぷりぷり怒りながら出ていく。人に話せるような内容じゃないんだぞ、畜生。

ギルドを出て大通りを歩いていたら、いきなり、くるりっと体が右に回って、ある武器屋の方に向き直った。店の名は「ゴブソンの雷《いかづち》」となっている。何かあると思い、中に入ってみると、ふいにオリハルコンと邂逅《かいこう》したのだ。

初めて目にした、異世界の魔法金属。金属とは思えぬ輝きが、何とも美しい。結晶といってもいい。いや、金属だって結晶構造だが、何というか水晶や宝石と同じような風情を漂わせている。武器屋ではなく、宝石店や美術館とかに並べてほしいくらいだ。

細身の剣だが、山吹色に輝く刀身は、素晴らしい存在感を放っていた。値段の表示はない。何か珍しそうな宝石が嵌《はま》っており、すごい逸品なのが分かる。〝値段が付けられない〟とは、まさにこのことではないだろうか。

その剣を鑑定してみる。

オリハルコンの魔法剣。嵌め込まれた魔石が魔力を増幅してくれる。

ほお、欲しいな。しかし、売ってくれそうもないし、手持ちの金じゃ足りないだろう。金の問題だけなら、金板とかで払ってもいいんだけどな。これだけのものだと、コピーに時間がかかるんじゃないか？　少しミスリルで試してみた。自分のミスリルの剣は、瞬間でコピーできた。これなら、同じ魔法金属のオリハルコンでもやれるか？　試す価値はある。何とかあの剣を手に取ることができたら……。目視でもアイテムボックスに収納できるが、これだけのものを瞬間にコピーできるか分からない。親父は目を離さないだろうから、ちょっとでも不手際があるとマズイことになる。

親父に交渉したが、値段を付けられないような代物なので、触るのはダメだと言われた。ミスリル剣を出して、交渉を続ける。

「あれを触らせてくれたら、これをやるよ」

こいつは、ほんのちょっと加工したため、〝ミスリル剣～コピー〟が〝アルフォンス作ミスリル剣〟に変化している。売り物は小細工しないとね。コピーって何だとか言われるとマズイからな。

親父は剣を見定めて、少し考え込む。

「何を企んでいる？」

「まあ損はさせないよ？」

「まあ、いいだろう。おかしな真似はするなよ？」

「ああ、分かっている」

もちろん、するけど。

剣を手に取り、後ろ向きに構えて親父から見えないように、軽く振りながら瞬間的に収納してコピーする。これならブレて見えるので、一瞬消えたように見えても、目の錯覚と思われる。すさまじくMPを消費したが、バレないようにコピーできた。

ステータス画面を見てみる。MP消費が2000億MPくらいになったか？　この魔石が相当食っている気がする。

「ほらよ。さすがにいいものだ。ぜひ手にとってみたかった。滅多に拝めるものじゃない。ミスリルなんていくらでも手に入るが、これほどの名品はな」

「言うねえ。ただ、お前さんの言うとおりだ。手にするだけでもミスリル剣1本には匹敵するだろう。いいさ、この剣は返そう」

「いいのか？」

「ああ、別に剣を持たせただけだしな。お前さんみたいに物の価値が分かるヤツばかりならいいんだが」

「じゃあ、ありがたく返してもらっておこう」

そして、ニヤリ。

「で、これ買わないか？」

親父は一瞬キョトンとして、次の瞬間に爆笑した。

「はっはっはっ。お前はいい商人になる。気にいった。買おう」

「何本買う？」

ズラっと並べてやったら、顔を引き攣らせた。

結局10本買ってくれたが、真面目な顔つきで注意された。

「忠告しておくが、例え持っていたとしても、そんなにゾロゾロ出していいもんじゃない。特にこの王都ってとこじゃな」

なるほど、分かった。おかしな貴族や大商会に目をつけられて、面倒なことになるんだろう。

まあ、オリハルコン無断コピーのほんのお詫びだ。そいつで儲けてくれ。

「上級ヒールポーションっていうのも、その類か？」

「そうだな。あれもミスリル剣とまではいかんが、あまりゾロゾロ出すのは感心せん」

そうだったのか。まあいいや。

ここで、白金貨100枚ゲット。金貨1万枚相当か。大事に取っておこう。親切な親父で助かった。ちなみに、白金貨100枚（日本円で100億円相当）でオリハルコンの魔法剣を売ってくれるかと聞いてみたが、首を横に振られた。もっと高いのか？　予約済みか？　訳ありか？

親父に礼を言って、武器屋を後にした。あと4時間ほどで、オリハルコンの剣1本分のMPがたまる。そうしたらMPがLVアップだ。オリハルコンも作り放題になる。ぶらぶらと辺りを冷やかしながら、歩いていく。MPがたまったら自動で剣を作成して、LVアップするようセットしてある。ちょっと楽しい。

しかし、上級ポーションの件は惜しかったな。取引が成功すれば、それなりの大金が手に入ったのに……。まあミスリルの剣を買い取ってくれたので、あとは適当に稼ぐとしよう。

MPがLVアップするまでの間、身体強化のLV上げに勤《いそ》しんだ。自分の体に強化をガンガンかけたり、手持ちの物品に強化をかけたりするだけで、やられにくくなるはずだ。

身体強化がLV7に上がった時、HPもLV7、20万HPに上がった。MPのLVも上がり、88兆MP近くまで増えた。オリハルコン剣を増産しながら、できた物に強化をかけていったら、すぐに身体強化LV8となり、HPがLV8、50万HPになった。これは相当な数字だったのだが、全く気が付いていなかった。

◆◇◆◇◆

異世界12日目。

あんなことがあった翌日、俺はさらっとした顔で、ギルドへ立ち寄った。歳を食うと、面の皮が厚くなっていることを実感する。ギルドに行く目的は、次の魔法を覚えるためだ。この前の受付嬢に、回復の上位と攻撃の上位、あと防御系の魔法に付与するのにいいのはないかと訊いてみる。

「ハイ！　分かりました」

返事は大変よかったが、来たことをギルマスにチクりやがった。

今、俺は仏頂面でギルドマスター執務室のソファに座り、ヤツと対面している。

「まあ、話だけだ。そう渋い顔をするな。あのポーションは軍事物資でもある。軍の方でもシャカリキに集めてやがるんでな。また、その軍閥っていうのが、貴族の派閥も兼ねている。うちにも入荷したら回せとか言ってきやがる。別にシカトしてもいいんだが、うちもお役所関係の書類を出す機会があるわけだ。そのへんの都合も絡んでいてな。役所も、貴族の文官が幅を利かせている。それだけではない。今は国の保護を受けている高名な薬師が作っているわけだが、数が揃わん。さすがにお貴族様も国の関連には手が出せんわけだが、それ以外となると話は別だ。生産元を抑えたら莫大な利益を生む。おかしな考えのお貴族様とかも、中にはいらっしゃるわけだ。他で売ったりしていないだろうな？　目をつけられたら、ただじゃ済まんぞ？」

あっちゃー。

「まあ、もう、うちに卸せとは言わんから、絶対によそには出すな。命が惜しかったらな」

「分かった……。どうしても欲しい時は言ってくれ。その分は渡そう。出所は黙っていてくれよ」

ギルマスは、ニヤッと笑う。

「そうか、分かった。というわけで１００ほど欲しい」

ゲンナリして上級ポーションを１００本出すと、大金貨50枚を渡された。なるほど。最初から決まっていましたか。釈迦の掌の上の孫悟空だな。

「じゃあ、魔法だったな。特別に俺が教えてやろう。ついてこい」

ギルマスは、さっさと先に歩き出した。よく見ると、この前とは違い、冒険者風の格好をしていた。ここまでの流れは全て予定通りかあ……。

修練場に着くと、ギルマスが言った。

「覚えはいいそうだな。さっきの大金貨をよこせ」

鬼だな……。諦め顔で、大金貨の入った袋を渡す。

「そんな顔をするな。その代わり、今から覚えられるだけ覚えていい。長生きしたけりゃ、必死で覚えろよ？　特に、お前の場合はな」

ううう、完全に問題児扱いになっている。否定はせんが。

ギルマスは、上級魔法を次々と、遠慮なく放っていった。

〝爆発系大型火魔法フレア〟〝足止め・拘束の重力魔法グラビティ〟〝超強力な人工嵐テンペスト〟〝超雷撃の嵐サンダーレイン〟〝超高熱熱線魔法ブラスター〟〝消滅の光メギド〟〝超隕石雨メテオレイン〟〝大竜巻トルネード〟〝大津波ウォーターウェイブ〟〝巨大拘束土枷アースバインド〟

とんでも魔法がズラッと並んだ。これだけで、すでに元は取っている。大金貨１００枚相当だ。こんな上級大魔法を、狭い場所でちまちまとやるとは、ギルマスは相当器用だな。普通は無理だろ。メテオレインなんて芸術的だ。最小威力のものを天井から降らせて、床にぐいぐいと飲み込ませている。

といいつつ、そのへんは自分もキッチリこなした。ちまちまするのは得意なこともあるが、お手本になったギルマスの魔法が優秀だからだろう。ギルマスが少し感心した顔を見せる。だってこんな屋内の場所でしょ！　自分の魔力量で加減なしは、自殺行為だ。ギルマスもランクの高い冒険者だったのだろう。

〝プロテクト〟〝ディスアタック〟〝ディスプロテクト〟〝ディストロング〟〝ディスインパクト〟〝ライトウエイト〟〝ヘビーウエイト〟〝ディスペル〟〝アンチディスペル〟〝レビテーション〟〝フライ〟〝ウインドシールド〟〝命中補正〟

ギルマスめ、俺の上級魔法は最初からディスペルで打ち消すつもりだったのか？

〝シールド〟〝マジックシールド〟〝バリア〟〝ウインドウォール〟〝ファイヤーウォール〟〝アイスウォール〟〝ハイシールド〟〝ハイマジックシールド〟〝ハイバリア〟〝アースウォール〟〝魔法剣（〝炎〟〝氷〟〝風〟〝土〟〝雷〟）〟〝罠感知〟〝罠解除〟〝探索〟〝索敵〟〝索敵探知〟〝サイレント〟〝ソナー〟〝隠密〟〝気配遮断〟〝気配察知〟〝インビジブル〟

何て多芸な男だ！　こいつ、まさか稀人？　稀人が日本人ばかりとは限らない。そのうち、この件も聞き出してみよう。

「どうだ、お得だったろ？　しかし、１発でよく覚えたもんだな」

「ま、まあ。ありがたいかな」

「あと、剣とかは、からっきしだな？　訓練の型とかを教えとくから、自分でやっとけ。死にたくなきゃあな。近接でくたばる魔法使いなんざ枚挙にいとまがねえ」

そこから、何故かみっちり稽古になってしまったが、何とかこなした。ＨＰが高いせいだろう。見取りは魔法発動を見取るシステムなので、こういうものには役に立たない。その他、少しは依頼を受けて、ランクを上げるように言われた。いざって時にEランクだと、舐められて不利になるようだ。

訓練が終わる頃には既に夕方で、へとへとになって宿に戻った。身体強化がＬＶ９に上がって、１００万ＨＰだ。ベッドの上で、どうしてＭＰばっかりあんなに補正がかかるんだろうと考えていたら、眠くなってそのまま爆睡してしまった。

◆◇◆◇◆

異世界13日目。

昨日は飯を食っていなかったことに気付き、朝はレトルトのカレーにした。ガッツリ２杯。若い子だったら、５杯くらいいけるんだろうな。

しかし、飛行魔法のフライを覚えたのはよかった。いざという時の逃亡手段ができたのは喜ばしい。さてと、金はあるし、身を守る魔法も手に入れた。武器も最強クラスがあり、逃亡手段も用意した。あとやることといったら、魔法のＬＶ上げと、剣の訓練か。それと王都の満喫。

そのために来たんだからな。

あ、元の世界に帰る手段探しを忘れていた。もうすっかりこの世界に染まっている。もともと引き篭っていて、必要最小限しか外に出なかったからな。

必要なものは手持ちでなんとかなるし、日本の食い物も味わえる。この世界にいること自体が現実逃避になってしまっている。魔物との戦闘、盗賊の襲撃を乗り越えたことで開き直り、ふてぶてしくなってしまっているのかもしれない。

まあいいか。この国には稀人が伝えたと思われる風呂の文化もあるし、食い物も口に合う。日本に帰ったところで、会いたい人もそういないのだ。ネットが通じるので、なおさらだ。こんな恵まれた異世界ライフもそうはない。年食ったおっさんなのが、それに拍車をかけている。

何からやるにしても、暇つぶしにしかならんだろう。取りあえず、ランク上げに挑戦する前に、鍛錬しないと死んでしまいそうだ。まだ、まともに魔物と接敵していないことも不安材料といえる。やったことといえば、ナイフや鉄板を上からバラまいただけだ。

本日も冒険者ギルドへやってきた。受付の人に問い合わせる。

「ギルマス、いるかな？」

「ええ、いますよ」

そいつはラッキー。

「会えるかな」

「ご案内します。何の御用ですか？」

「ちょっと聞きたいことがあってね」

執務室に案内してくれた。

「ギルマス、アルフォンスさんがお見えになりました。よろしいですか？」

「ああ、通せ」

「ちわ！」

「どうした？」

「ちょっと聞きたいことがあって。あのさ、魔物って強いの？　Eランクのヤツと2回会っただけなんだけど」

「そういや、ほとんど出会ったことがないと言っていたな。もしかして本能的にお前の魔力量を感じて、避けられていたんじゃないのか？」

「何？　それって冒険者として致命的じゃないのか？」

あのグリオンとやらは、単に命知らずだったってことなのか？　それか、よっぽど腹が減っていたのか。

「護衛任務には向いているだろ。収納持ちだし。商会で働くのも1つの……って、お前はもともと商人じゃなかったのか？」

「ああ、そういう設定だったっけ」

「何だ、それは」

ギルマスは少し呆れたように言葉を返す。

「まあ、ダンジョンへ行けば、問答無用で襲ってくるが」

「あるの？　ダンジョン！」

「そんなことも知らんヤツが、うちのギルドにいるとは……。ギルマスとして悲しくなってくるな」

「まあまあ。で、そいつはどこにあるんだい？」

「王都の近郊、西に20㎞ほどのところにアドロスのダンジョンがある。詳しい行き方は職員に聞け。もう少し剣や魔法を鍛錬してから行った方がいいけどな。ダンジョンに行く前に来い。少し見てやるから」

「分かった」

魔法を覚えたので、今の俺はおっさんの癖に大変強気だ。金づくで覚えたくせにな。まあ、この前のような無様なことにはならないだろう。強力な武器もある。戦い方は覚えるしかない。早速職員にダンジョンへの行き方を聞き、鍛錬を見てくれる教官の手配をお願いした。

現地には冒険者のための街があり、ここで申請を出せば仮探索者証を発行してもらえる。1回でもダンジョンに入って獲物を提出すれば、王都の出入りで並ばなくてよくなる。それによって、正式な探索者証が発行される段取りだ。つまり、初ダンジョンで獲物がなかった者は、王都に入るのに3時間以上並ぶことになる。しょぼくてもいいから、獲物は獲ってくるとしよう。

Cランク以上になると、王都はフリーパスとなる。王都以外の街も同様だ。ただし、悪用すると厳しい罰則がある。もちろんギルド資格も剥奪だ。目標Cランクだな。そこまでは正規の試験がない。ベテランや若手有望株は、ここが頭打ちのボーダーラインだ。

修練場で初級魔法の鍛錬を行う。精密に計算した威力で、狙った場所へ魔法を放つ。レーダーMAPでアビオニクス連動射撃も試みる。バッチリだ。自分への付与もガンガンやってみた。

魔法剣は毎日振ることにしたのでいいとして、剣術・槍術・弓術・盾術は、昨日ギルマスに扱《しご》かれてスキル化している。すぐにスキル化したのは、HPが高いせいだろうか。弓で、矢の威力を上げるアローブーストと、命中補正のトレーニングを行った。

訓練をしていると、顔馴染みになった職員さんがやってきた。

「午後から職員の手が空くので、戦闘の訓練をしましょう。大銀貨1枚になります」

要求額をさっと渡す。毎日習いたいのだがと言うと、金を巾着袋にしまいながら、職員さんが聞いてきた。

「何日くらいですか?」

「ダンジョンに潜っても大丈夫とお墨付きをもらえるまで。最後にギルマスのチェックがあるので」

「分かりました。早めに食事を摂っておいてください」

ゲロを吐かないようにってことかな。食事は軽めにしておくか。


食後1時間くらいして、冒険者風スタイルの30代くらいの男性が職員と一緒にやってきた。

まずは、一通り実力をみるようだ。剣と槍は訓練用の木製のものを使い、教官に向かって打ち込む。弓は命中補正なしで撃てと言われたので試してみると、驚くことに的に当たった。これがスキル化なのか。この世界に来る前は、弓なんて触ったことがなかった。盾の使い方を見てもらい、教官がアドバイスをくれた。その結果、剣と槍を重点的に訓練することになった。魔法剣を使えるので、より効果的らしい。

弓は魔法補助が強力だし、そもそも魔力量の異常に多い魔法使いなのだ。弓よりも魔法を使う方が多いだろう。防御系の魔法も使うから、盾よりも身体強化を重視した方がいい。

「レビテーションやフライも使えますから、なおさらです。盾は収納がありますから、いざという時に使えばいいでしょう。鍛えればギルマス並みの冒険者も夢じゃないですよ」

嬉しいアドバイスだ。

「ギルマスのおっさん、高ランクだったの？」

教官は苦笑いして言った。

「Ｓランクの冒険者でした」

Ｓランクの強さがよく分からんが、きっとすごかったんだろう。50代から始まる、Ｓランクへの道。あまりにも遅すぎるストーリーに、全く胸がときめかなかった。

親切指導のおかげか、半日で剣と槍がそれぞれＬＶ３に上がった。これだけでも普通に潜るなら十分だが、ギルマスのチェックがあるなら、あと２日くらいやった方がいいと勧められた。頷いて、あと２日お願いする。居残りで弓もＬＶ３に上げておく。


訓練と並行して、ダンジョンに潜るための準備も怠らない。あっちこっちで料理を買い集め、自動コピーをセットしておく。武器や防具も、コピーしまくってきた。全てミスリルやオリハルコン化して、魔石も組み込んである。服や寝具もコピー三昧だ。銃型の杖も作っている。その他、狙撃銃に機関銃、サブマシンガン、ピストルタイプといろいろ取り揃えてみた。

狙撃銃は双眼鏡やカメラのレンズを加工したスコープで、超精密射撃を打ち込める。機関銃は自分の魔力を使って連射するタイプで、手で魔法を放つよりも圧倒的に速い。大型魔法を連射したら、凶悪この上ないだろう。

手に持つタイプの軽機関銃と、台座タイプの重機関銃を作成する。サブマシンガンは、狭いダンジョン内で雑魚相手に魔法をバラまくのにぴったりだ。ピストルタイプは、主に近接戦用として使用する。

とにかく作り散らかしていたら、いつのまにか〝加工工作〟というスキルが身についた。日本にいた頃の製造業での経験が生きているのだろう。いつか大型の魔砲も作成してみたいものだ。


出発までの残り2日は、午前中は工作三昧で、午後は訓練に集中した。帰りに買い物をして、帰ってからはまた工作三昧だった。

おかげで身体強化はＬＶ10、２００万ＨＰにも達した。心なしか、段々上がりにくくなってきているようだ。ＨＰの補正もカンストしているのかもしれない。

戦闘スキルは、軒並みＬＶ７に上がった。シールドや付与も瞬く間にＬＶが上がって、ＬＶ５になった。初級魔法も軒並みＬＶ５になっていたので、そっちは後回しにしていた。魔力量でブーストという奥の手があるので、なんとかなるだろう。

工作ばっかりしていたおかげで、なんとアイテムボックスが進化した。最初からチートだったが、さらに「イメージ作成」というスキルが新しく追加された。これは、工作に使っていたスキルや魔法などの工程を、スキルとしてまとめるものらしい。見取りと同じようなスキルだ。スキルという形で使うと、今までできなかったことが試せそうだ。

◆◇◆◇◆

異世界16日目。

こちらへ来たのが、11月18日だから、もう12月なんだな。こちらの世界も寒くなってきた。

朝からギルドに顔を出し、ギルマスのチェックの予約をした。

ギルマスが忙しいのでチェックは午後からとなり、その間、1人で鍛錬する。この3日間で教わったことの復習を行う。物覚えはよくない年頃だが、体で覚えたので、問題なくやれた。体だけは若返っているのだ。脳細胞も若くなっているせいか、記憶力が高まっている。思考だけは50代のままだけど……。

黙々と汗を流す。早めの飯にして、お茶を飲みながら待つ。

やがてギルマスが来たので試験開始となった。おお、動ける！

「どこからでも来い」

待ちに徹するギルマスを、ガンガン攻めてしっかり動く。さすがLV上げしただけある。多少といえども、正式に訓練を受けたのは大きい。スキル化が効果を発揮しているようだ。

「今度は、こちらから行くぞ」

かなり激しい木剣の打音を、5分ほど響かせてから合格をもらった。

「いいだろう。ただ、ダンジョンだからな。感知系は鍛えてないだろう。そっちは実地でやれ。金はあるんだから、しっかりしたパーティを雇い、慣れさせてもらえ。明日から行くのか？手頃なパーティに声をかけておいてやろう。今日はずっとギルドにいろ」

「了解」


というわけで、ギルドの食堂の隅っこを占領し、座ったままで工作三昧となった。銃関連のネット画像を元に、正確な形に作り込んでいく。「イメージ作成」の効果は素晴らしい。

今まで、ハサミやトンカチ、ナイフで加工していたような感じが、金属&プラスチックの3Dプリンターや旋盤、ボール盤、フライス盤などで加工しているかのようだ。

日本刀作りにもチャレンジした。ネットでの鍛冶師さんの動画を見よう見まねで、そこそこのレベルの鍛造オリハルコン製が完成した。思考制御で動く、超高性能万能工作機械が、魔法使いまくりで機能しているようなものだ。インチキにもほどがある。

魔法もイメージで組んでみた。もともと魔法自体も、イメージが全てという代物なのだ。かなり魔法を覚えたので、自分でも作れるようになった感じだ。ナパーム、クラスター、ミサイル、MIRVなど、思いついたものを構築してみる。ベースとなるのは、実際の兵器や物語に登場する物ばかりだ。そういう物の方が、イメージがはっきりしているので作りやすい。

フライを付与した空中移動筐体を作成してみた。それに攻撃魔法を付与して、ストーンバレットなどの魔法を打ち出す、空中機動ユニットを作成する。オリハルコン製で、それ自体の耐久性も高い。人前で出せないと困るので、ミスリル製も作っておいた。

バリア付与のユニットも作った。自分の周りに浮かべておくだけで動作するので、使いこなすためのテクニックも必要ない。

忘れてはならないのが、情報の記録だ。そのため、撮影用のカメラ台座付きの空中機動ユニットも作成しておいた。空中移動筐体にアクションカメラの機能を付与してみただけだが、イメージ作成を使えば簡単にできてしまう。

進化したアイテムボックスの威力はすごい。思いついたらサクサクと作れてしまう。気が付いたら、作り始めてから7時間が過ぎていた。

飯を食っていたら、ギルマスが若そうな冒険者たちを連れてやってきた。

「おお、まだいたか！」

「ああ。内職仕事していたらこんな時間になっちまった」

フォークに刺さった肉で挨拶した。

「その内容が気になるが、まあいい」

俺は残りの肉を胃袋に手早く詰め込んで、ギルマスの執務室に場所を移した。ギルマスの仕事がたまっているのだ。1時間分くらいは、確実に俺のせいだ。

「エドウィンです。明日から、うちのパーティと迷宮に潜ってもらいます。訓練ということですので、浅い階層で活動します。うちのシーフと一緒にやってください。デニス！」

「チームエドのシーフ、デニスだ。よろしく」

いかにも、敏捷そうな細身の若者が、挨拶した。皆、革の服を着込んでいる。俺が着ているのと同じだ。

「よろしく」

「あなたの護衛を担当する戦士です。ロイス！」

「よろしくな。商人さんなんだって？」

こちらは、寡黙な戦士といった風貌。筋肉の厚みが違う。おっさんなんか、昔から線が細くて、肩の肉などないに等しい。

「ああ、そうだ。よろしく」

「後衛の弓士、エリーン。うちの紅1点です」

「よろしくね」

そこそこ可愛いといった程度の女の子。だが、顔に満遍なく貼り付けられた愛嬌が、補って余りある魅力を湛えていた。地球でも、よく見かけるタイプだ。

「どうも。よろしく～」

「商人なのに、剣も扱えて、魔法もすごいんだって？　オマケに収納持ちか。ダンジョンに挑むために生まれてきたような人だな」

俺担当のシーフの青年は、短髪の透き通るような金髪をいじりながら言った。

「ああ、ギルマスにランク上げた方がいいって言われたんでね。素人のお守りで申し訳ないが、よろしく頼むよ」

その場でサブマスに書類を作ってもらい、契約を終えた。

「それでは、明日の朝6時の鐘が鳴ったら出発します。ギルドに集合ということで。馬車は手配してありますので」

「ありがとう。それでは！」

エドウィンに挨拶したら、チームエドは退出していった。

「ギルマス、いろいろありがとう。じゃあ楽しんでくるよ」

「完全に物見遊山だな」

ギルマスは、書類の山と格闘しながら会話している。あまり、そっちの戦いは得意じゃなさそうだ。

「たぶん浅い層の魔物は怖くない。罠とかが怖いな。とっさに身を守る魔法を出す訓練をしないと本格的に潜る気になれない。まあフライがあるし、無限に使える回復魔法とポーションもごっそりある。いきなり天井が崩れてきたり、針山の落とし穴があったりが怖い。押しつぶされる空間なんかもヤバい」

「ははは。まあ、頑張ってくれ。じゃあな」

ギルマスは書類から目を離さずに、声だけで見送ってくれる。

俺は、ふいに足を止めて聞いた。

「あ、グレーターヒールみたいな強力な回復魔法は覚えられないかな?」

「うーむ、そいつは難しいな。今可能だとしたら、王都にあるロス大神殿の大神官くらいだろう。あそこは、金を積めば何とかなるのかもしれないが、予定が詰まっているだろうからすぐには無理だな。聞いておいてやろう」

俺は了解して、ギルマスの執務室を退出した。賑わってきた、ギルドの喧騒を後に、そろそろ日の傾いた王都の街並みを歩く。街や建物を形作るパーツの一つ一つが、やや丸みを帯びた造形の、柔らかい感触のする風景。ペンキのような塗料で美しく彩られている。色とりどりの塗料は、錬金術師の作だろうか。

ちょっと前まで日本にいたのに、今はこの風景が呼吸をするかの如く、しっくりくる。何か不思議な気持ちだ。10年以上ほったらかしの古家が、もう自分の家ではないような気がするのと同じ感覚かな。人は過去に生きるのではなく、現在と未来に生きる生き物なのだ。

宿に帰って、また工作を始める。救援用のナースユニットを作ってみた。自動で回復魔法やポーションを使ってくれる筐体だ。これがあれば、万が一、自分が危険な状態で戦闘不能になっても、なんとかなるだろう。完全に石化しているとか、気絶していなければ、アイテムボックスから射出することもできるはずだ。

明日は朝が早いし、もう寝よう。目覚ましは5時にセットしておいた。

4章　おっさん、ダンジョンに潜る

異世界17日目。

目覚ましでパッチリ目が醒めたので、顔を洗って定番の朝飯をしっかり食った。そういや、昨日は風呂に入りそこなったな。ダンジョン用に作っておいた、簡易シャワーユニットを出してザッと一浴びする。

それからギルドまで5分で着いて、5時50分。セーフ！

チームエドは、既に全員揃っていた。

「やあ、商人さんはさすがだな。ちゃんと時間前にお出でだ。貴族の人とかだと、平気で1刻遅れてきたりするんですよ。その癖、そういう人に限って、横柄な口を利いたりするんです。目的地はまだか、遅いぞ！　とかね」

エドは、やや骨張った顔を軽く歪めて笑った。冒険者家業って大変すぎる。本業じゃなくてよかった！

「はは。さあ、出かけましょうか」

馬車は大きくはなかったが、それほど乗り心地は悪くない。念のために、酔い止めは飲んでおいた。尻の下と背中には、大きいクッションを敷いてみた。車のシートや布団なんかを材料に作ってみたのだ。ネットから拾った画像を、衣料品の染料で合成した模様が入っている。

アドロスまでは20㎞ある。こちらでも、距離の単位は日本と変わらない。初代国王が持ち込んだのか？　地球の大きさから換算した単位だから、こちらの人が決めたとは考えにくい。この世界には、ここが惑星という概念がないはずだ。

馬車は4時間くらいで着くようだ。地球の馬車と変わらないな。冒険者らしく休憩はなし。俺はいつの間にか、ぐうぐう寝ていた。もう観光バス、いや観光馬車だな。

「アルフォンスさん、アルフォンスさん」

「あ、ああ。着いたのかい？」

俺は欠伸《あくび》を手で押さえながら、馬車を降りた。手ぶらでいいのは楽だ。

「ええ。よくお休みでしたね。手がかからなくて助かります」

「迷宮都市アドロスへようこそ」

エドは少し気取って、仰向けにした右手を腹の前において、歓迎の挨拶をしてくれた。いいな、それ。俺もいつか、やってみよう。

さっそく街を案内してもらうことにした。冒険者の街だけあって、なかなか活気がある。宿屋、酒場、娼館、武器防具屋、食料品店、服屋、みやげ物屋、荷物持ちの従者の斡旋所など、いろいろあった。王都とは、また別の意味で華やかだ。雑多な雰囲気に、いかにもここが迷宮都市であると知らされる。

「今日は街の雰囲気に慣れてから、肩慣らしに迷宮1階の探索を少しばかりやりましょう。地下迷宮なので、地下1階という意味です。予定通り1週間の滞在となります。潜りっぱなしでもいいですし、毎日上へ戻ってもいいです」

「どうするかな。潜った感じで決めたいね。毎日戻りたい気持ちはあるけど、それだと訓練にならない。大概のものは準備してきたから、お店は冷やかして歩くだけだ。このメンツなら何年も暮らせるくらいの用意はあるよ。魔物素材は気になるので、帰りに寄ってみたいね」

「そ、そうですか。さすが収納持ちで、お金持ちの商人ですね」

「武器もいいのをいっぱい揃えてあるしね」

この世界にはないものまであるし。

お昼までに一通り街を回って、昼飯を食べながらレクチャーしてもらった。

「ここの魔物の分布や、素材なんかの解説書も出ていますので、後で買ってからいきましょう。お値段はそれなりにしますが、大丈夫ですよね？　初めて潜る人は、持っておいた方がいいです」

「分かった。買っていこう。中は暗いのかい？」

あの魔物と出くわした夜を思い出す。陰に何か潜んでいるような気がするので、昔から闇は嫌いだ。

「迷宮によっても違いますが、ここは基本的に暗いです。地下洞窟タイプですからね。入り口は明るくしています。光苔のようなものが生えているところは明るいです。これは魔力で発光しています」

「ふむ。ちょっと支度するので待っていてくれ」

空中機動ユニットの形を加工して、アイテムボックス内のLEDライトのイメージを付与した。天井が死角にならないように上面にも光源を配置し、UFO型というか、フライングディスク型のランプを上下に貼り付けた。このおかげで、天井に電灯を付けたような状態になる。光量は魔力次第だ。サーチライトのような眩《まばゆ》さから、ムードランプの朧《おぼろ》な光まで自由自在だ。念のため、地球から持ち込んだランタンやライト類も用意しておく。車に積んであったロープも、しっかり強化してある。

大銀貨1枚もした、立派な装丁の羊皮紙の本を持って、ダンジョンへと降りた。ダンジョンは、本当に洞窟といった感じの場所だが、入り口はかなり大きい。ちょっとした岩山のような装いに、ぽっかりと入り口がある。何かに無理やり内側から削られたような痕が不気味だ。これが日本なら、自衛隊が封鎖しているのではないだろうか。

入り口付近には出店が立ち並び、消耗品や食料、荷物持ちや助っ人を斡旋する商売をしていた。荷物持ちに子供が多いのが気になる。

初めての、ダンジョンの魔物との出会いを前にして、期待に心がはち切れそうだ。子供か！最初の頃の、あの緊張はどこへ行ったのか。プロの冒険者と一緒だと、本当に強気なおっさんだ。はしゃぐおっさんとは裏腹に、緊張するパーティメンバー。うん、そうでなくっちゃな。

周りの人には分からないが、ちゃっかりと撮影用の空中機動ユニットをインビジブルモードで飛ばしていた。もちろん、レーダーMAPと感知スキルは使っている。手にはモックアップの魔導ライフルを所持。魔導ライフルのモデルにしたのは、アメリカ軍で使っているタイプだ。口径は20㎜で、石の弾丸を打ち出していく。日本では、銃ではなく「砲」と呼ばれる大きさだ。発射速度も本物に合わせてあるので、弾がでかい分、威力が高い。弾丸の形も、ライフル弾頭型にしてある。実際にライフリングはなくても、魔法で回転するようにイメージしてあるため、この世界のストーンバレットよりも威力があるだろう。

準備は万端だが、なかなか魔物は出てこない。

「魔物出てこないね」

俺の、やや失望した声に応えて、デニスが教えてくれる。

「この辺りは入り口付近で一番人が多く、一番魔物が弱いですから」

そうだったのか。まあ、そのうち会えるでしょ。

「何か暗い以外は快適だね。もっと湿気が多くて、かび臭いイメージがあったんだけど」

「ええ、それだと冒険者が寄り付かないので、迷宮が調整しているんでしょう」

何だ、それは。照明が暗くなってきた。

「暗いけど、どうします？　松明かランタンになりますが」

「いや、こいつを使おう」

ライトを付けた空中機動ユニットを空中に浮かべた。驚くメンバーたち。辺りは真昼のようだ。

「いいだろう？　俺は暗い夜道とか好きじゃなくてね」

「す、すごいですね」

デニスも目を丸くしていた。

「実力派商人の見せどころさ！　魔道具には詳しくないのか？」

詳しくても、無駄だけど。

「高くて手が出ないです」

エドは苦笑して答えた。

「魔物、いないなあ。出ておいでー、スライムちゃ～ん、ゴブリンちゃ～ん」

「あの～」

困ったように、エドが笑う。もう、ゴブリンなんて怖くない……はず。


「ちょっと、お茶にしますか。明日からの話とかしながら」

提案してみる。まあ、物見遊山も同然だし。

「分かりました。設営準備」

「よっしゃ～」

メンバーから威勢のいい返事がくる。

そこそこ警戒に有利な広めの安全地帯があるので、そこに陣取る。夜明かしではなく、短い休憩用の布陣だ。アルミテーブルと椅子を出し、紅茶とケーキを用意する。

「交代で食べよう。エリーン、最初にどうぞ。女の人はケーキが好きだからね」

彼女の視線は、ケーキに釘付けだった。他のメンバーは反対しない、いや、できない雰囲気だった。

彼女は、まず紅茶に手をつけた。

「うわ～、甘い。これ砂糖が入っているんですか？」

「あれ、甘過ぎたかな？」

失敗だったか？　ケーキよりタルトの方がよかったかな。

「いえ。砂糖なんて高級品は、滅多に口にできないですから」

「じゃあ、ぜひケーキもお試しあれ。これは俺の一押しさ」

パクッ……。

「う、うわ～～」

唖然とするメンバー。エリーンは、既に空になった皿を見つめている。そっと自分の分を差し出すリーダーのエドは、さすが気遣いのできる男だ。

エリーンは、しばらくじっと見つめてから、何かの決意を秘めたかのようにフォークを手にした。じっくり、またじっくり、そしてまたじっくりと味わう。恍惚の表情を浮かべて、心ここにあらず。顔を見合わせる3人。苦笑を浮かべる俺。

エドに、新たにケーキを1個差し出す。見張り中の他の2人にも、小さく切り分けて渡す。

「女の人はケーキには目がないんだ」

俺は、笑って言った。

しかし、魔物が出ないな。こういう日は、きっと全員が爆睡していても出ないんだろう。まあ今日は様子見だし、引き上げることにした。

その時、悲鳴が前方の闇を劈《つんざ》いた。急いで駆けつけると、子供がスライムに襲われていた。

聞くに堪えない悲鳴が、空間を埋め尽くす！　慌てて駆け寄ろうとしたが、止められた。

「やたらと近づかないで！　食いつかれると、ああなります」

俺は対象をスライムに絞って、「スタン」の魔法を放出した。これなら、一緒に食らっても、子供は死んだりしない。

バシッとなって、スライムが丸まって離れた。

子供も気を失っている。溶かされた跡が酷く、背中と尻にも切り傷があった。思わず顔を背けたくなるが、まだ魔物がいるのだ。スライムがこちらに飛びかかってこようとしたので、火炎放射器の魔法を放つ。

指先から火炎を噴出すると、スライムが音を立てて消滅した。

子供に駆け寄り、ハイヒールをかける。

「おい、大丈夫か？」

返答がないので、状態異常を治すキャンセルポーションを使ってみた。ゆっくり振りかけて、口にも流しこんだ。目を覚ましたので、ペットボトルのスポーツ飲料を飲ませる。子供は目を見開いて、震える声で話し始めた。

「た……助けてくれたの？　ありがとう」

「なぜ1人でいる？　荷運びの子か？」

子供は頷いた。

「1階まで帰ってきたんだけど、スライムに襲われて」

「他の連中は？」

俯《うつむ》いてしまった。

「こんなのは、よくあることなんです。スライムに取り付かれたら火で焼くしかないですし、背中に背負っていた荷物を回収するために切り付けた跡があります。この子の私物も一緒に奪われてしまったのでしょう。従者の子供の扱いなんて、こんなもんなんです」

溜め息をつきながら、エドが説明してくれた。

可哀想なんで、俺のTシャツを着せてやった。

「むう。まあいいや。お前一緒に来い」

本当は全然よくないけどな。ゆっくり歩きながら、子供に訊いてみた。

「なあ、そんなに生活が苦しいのか？」

「うちは母さんが病気で、下の弟妹はまだ小さいから」

少し、俯き加減で子供が答えた。

「まあ、子供がやれる仕事は限られていますしね。安いから使い捨て感覚で使われるんです。私らは使わないですけどね。ランクの低いパーティだと報酬も低いですから、金がかからないようにそうするんです」

国際児童憲章とかないのな。嫌な世界だ。エドも顰めっ面だ。全ての人がこれでいいと思っているわけではなさそうなんで、少し安心した。

「名前は？」

「エリ」

はにかむように答えた。女の子だったのか。確かに、よく見ると可愛い顔をしている。

「俺はアルフォンスだ。今は王都にいるんで、よろしくな」

やがて、魔道ランプの明かりがほのかに見えてくるが、こっちの照明が明るすぎて霞んでしまう。表層までたどり着いて、エリはホッとした様子だ。

このダンジョンは、入り口はものものしいが、中に入ってもホールのような場所があるわけではなく、いきなりダンジョンが始まる。だが、最初のゾーンは既に狩り尽くされており、すぐには魔物も現れない。初心者が早々やられてしまうことはない。むしろ魔物は取り合いの様相だ。エリは、たまたま運が悪かったのだ。ダンジョンではよくあることと、説明を受ける。

中はすぐに分岐が始まるので、冒険者で入り口が詰まってしまうということはまずない。逆に慣れなくて、うろうろ迷っているだけで終わる者も少なくない。その状態で王都に戻ると、街の入り口で、行列に並ぶ羽目になるわけだ。したがって、初アタックの連中は、アドロス滞在がセオリーと言われる。


やがて、陽光の降り注ぐ世界へと帰還した。エリが眩しそうに世界を仰ぎ見た。

さっき、あんなことになったので、エリも体力がなくなっているようだ。机と椅子を出して、ケーキを食わせてやった。糖分を取れば、元気が出るだろう。

エリは一口食べて、目を輝かせた。食べ終わってもまだ欲しそうだったので、お代わりを出してやった。エリーンが羨ましそうに見ていたが、無視無視。あんた、1人だけ3個も食ったよね？

「やれやれ。初めてのダンジョンの魔物さんとの出会いがこれか。じゃあ、エリにはこれをやるから、持って帰れ」

手持ちの手提げ袋の中に、パンやクッキー、シュークリーム、干し肉、塩などと、お金を少し入れておいた。

「ありがとう、お兄さん」

エリは丁寧なお辞儀をして帰っていった。お兄さんか！　見た目だけだけどな。

さて帰ろうか。

「さっきの茶色の物体は何ですか？　いい匂いがしたような……」

「目聡《めざと》い。いや鼻聡いのか？　じゃあ、明日のおやつはシュークリームな」

エリーンが目を輝かせる。やれやれといった顔のエド。

晩ご飯を食べながら、軽く明日の話をする。

「一応感知を使っていたけど、ほとんど魔物出てこなかったよな」

「もっと下へ行けば、わさわさ出てきますよ」

酒の杯を傾けながら、エドが言った。

「ダンジョンの下っていうのは、行ったら同じ道を折り返してくるの？」

「ここはそうです。転移石があるところもあります。そのような迷宮の場合、ある程度まで行くと、セーブスポットのような場所があって、そこから入り口へ戻ったり、外から転移できたりします。冒険者が、手ごわい下の方までまた来られるように、迷宮自体が設置しているのです。おかしなものですよ」

「それ！　どこにある？」

俺は逸《はや》る気持ちを抑えきれずに、被せるように問いただした。

「この国なら北方の方ですね。ここと同じような街になっています」

俺の勢いに、若干引きながらも教えてくれた。

「他にもあるのかい？」

「ええ。うちの国はこの1つだけですが、隣の国は10の迷宮があって、そのうち8つに転移石があります。冒険者を危険な奥へ誘い込むためのものなので、設置している迷宮が多いのです。迷宮は自ら生み出した魔物を通して人間を餌食にしないと、成長の糧にできないようですね」

いいことを聞いた！　帰ったらギルドに行って調べものだ。今のうちに、しっかりダンジョン探索について習っておこう！

「明日から気合を入れて頑張るぞ！」

「は？　はあ」

エドはこっちの謎のテンションに困惑気味なようだが、構っちゃいられない。

上手くすると、転移石から転移魔法が手に入るかもしれない。その転移魔法のLVを上げたら、日本に帰れないだろうか？

そう考えると、気合も入るというものだ。

次の日、異世界18日目。

いよいよ本格探査を実施する。今日は日帰りで1日だ。照明ポッドを多数打ち上げて、ずんずんと進む。30分ほどで、探知スキルに魔物が引っかかった。レーダーMAPで魔物の種類を確認する。

「ゴブリン6体」

同時に、シーフのデニスから報告が入る。6体か、多いな。

「最初は1人でやらせてみてくれ。防御魔法を張っているので、怪我一つしないだろうから。ヤバかったら、すぐに下がる」

「分かりました。気を付けて」

護衛担当のロイスが、俺の後ろに控える。デニスが、そのサブだ。

「槍から試す」

俺は宣言し、普通の鉄の槍を構えた。

次の瞬間、緑色の醜悪な連中が姿を現した。身長は1mほどか。相手の身長が低いと、逆にやりにくいかもな。

ダッシュで間合いを詰めて槍を振り回すと、首が3つ飛んだ。訓練の成果が出ている。身体強化のパワーで、全く抵抗なく振り抜ける。強化のおかげで、槍にもダメージはない。

緑色の血が噴出し、辺りは凄惨な様相になった。それを目の当たりにして、俺の顔も歪む。スプラッターなのは、本当は苦手なんだ。直接肉を断つ初めての感触も生々しい。しかし構っていられない。やらねばならん、目標ができたのだ。俺は日本に帰るぞ！

残りのゴブリンは、右に2体、左に1体だ。右から攻撃すると、挟み撃ちになる可能性がある。左から攻撃するのがセオリーのはず。左のゴブリンを一撃で貫いて仕留め、続けて右側の2体の方へ向かった。あえて突きを試す。最初は数を減らすために振り回したが、懐に入られる可能性があるので突きで1匹ずつ対応する。この方が、どちらから向かってきても対処できる。この狭いダンジョンの中では、槍は遠い間合いから安全に仕留めるのに向いている。

1人で6体を相手にするには、そう悪い戦い方ではなかったと思う。最初に突きでちまちまやっていると、囲まれてお陀仏になる。新人がやらかす典型的なミスだ。「例えゴブリンといえども、囲まれるな。逆にヤツらの連携を切り崩せ！」とはギルマスの教えだ。

まあ、取りあえずやってみて、多数を相手にするには遠距離で数を減らすのがいいと分かった。この手の魔物には、銃か魔法だな。派手に魔法をぶっ放すより、連射の効く銃がいい。次にまたゴブリンが現れたら、銃を試してみよう。

などと考えていたら、スライムさんが4匹登場だ。プルプルしてちょっと可愛いなと思ったが、いきなり飛びついてきた。素早く下がって、指先から火炎放射。火炎放射器をイメージしたので、細く噴出して先端に向かって炎が広がる。魔力を込めると、遠くに大きく広がる。温度は、実際の火炎放射器と同じ程度の設定にする。あれはナパームと同じような燃料を使っているので、たぶん１３００度くらいだろう。もちろん、イメージしだいで温度は高くできる。レーダーＭＡＰで捉えていた天井の２匹も焼き払う。スライムのくせに結構知恵が回るな。

「やりますねー」

エドが褒めてくれた。プロの冒険者に褒められて、おっさん、ちょっと嬉しかったよ。

続いて、ゴブリンが３体出現した。魔導ライフルを出して掃討する。１回の連射で、全て吹っ飛んだ。さすが銃身の短い米軍のライフルは取り回しがいい。それでいて、威力は銃身の長いものと遜色ない。射程は短くなるが、突撃銃にはそれほど重要ではない。そもそもモックアップの魔導ライフルなので、あまり意味はない。

「何です？　それ。魔法の杖ですか？　おかしな形をしていますが」

「まあ、そんなもんだ。魔法の連射が効くので、使い勝手がいい。自分の使いやすい形にしてみたのさ」

そう、この世界でも魔法は飛び道具だ。銃なんか本来はいらないが、現代人にとって銃の形にした方がイメージしやすいだけである。組み込んだ各属性の魔石で魔法のモードを変え、トリガーを引くことで事前に付与した魔法が連射できる。弾丸は自分の魔力だから、弾切れはない。基本、俺の魔力以外を通しても作動しないようになっている。元になる実在の兵器があると、マジで作るのが楽だわ。

「金持ちのやることは分かりませんね」

エドは目を白黒している。

次は剣でと思ったら、またスライムが現れた。ファイヤーボールを軽くぶち込む。

「あたしたちの出番ないわね」

エリーンはお気楽だ。こういう人もいた方がよかったりする。暗いダンジョンの中は、陰鬱な気分になりがちだからな。

「ハンターは俺。君たちはガイド兼、教師兼、お世話係兼、ボディガードだ。野営があるなら、交代の見張りとキャンプ地の選定や設営もあるし。探索や警戒、戦闘は、なるべく自分でやらないと身につかない。まだ拙いから特にシーフの支援は必須だ。ヤバかったら戦闘の支援も必要だし。助言があったら遠慮なく頼む」

「心得ていますよ。エリーン、気を緩めないようにな」

エドから軽く激が飛ぶ。

「シュークリームタイムのために頑張れ！」

俺からも一言。

「シュークリーム……」

うっとりとするエリーン。

２階へ行くためのスロープ状の降り口があった。そう、ここのダンジョンは、気を付けないと、下から上ってきた強い魔物といきなり出くわす恐れがある。油断大敵なのだ。そいつらは〝はぐれ〟と呼ばれていると、魔物ガイドにも説明がある。

まあ、〝はぐれ〟は滅多に出ないとは聞いているが。ここの魔物は頭が犬のコボルトのようだ。団体さんが現れた。魔導ライフルが火を……噴かず、石の弾をバラまいた。石を飛ばす風切り音がするだけなので、サプレッサー付きのライフルよりも遥かに静かだ。

次々と出てくるコボルトの団体を打ち倒していると、エドの声が響く。

「アルフォンスさん！　上！」

頭の上から、いきなりスライムが降ってくる。避けたつもりだったのに、空中で体を伸ばしやがった！　そんなのありか。

しかも、付着した部分が本体を引き寄せて、某宇宙生物のように顔に張り付いてくる。うぉっ、気色悪い。

「アルフォンスさん！」

バシッ。バリアの表面に沿って雷撃魔法を走らせると、スライムは黒こげになって地面に落ちた。

「ヒヤッとしましたよ。アルフォンスさん、油断大敵です」

「お、おう。ビックリした」

「普通はビックリじゃ済まないんですがね……」

スライムの奇襲に気を付けつつ、コボルトを軽快に片付けながら進む。

3階へ降りると、そこは狼ゾーンだ。気を付けていないと、走った勢いで壁や天井を利用して、前後左右、そして上から襲ってくるという。

なんじゃそりゃあ。さすが魔物だなと感心していたら、狼が3匹現れた。事前にレーダーMAPで分かってはいたが、予想以上に早い到着だ。

床に伏せた体勢で、二脚銃架でライフルを撃ちまくった。姿が見えるか見えないかの時点で撃ったので、向こうから弾幕に突っ込んできた。何とか全部仕留めた。こんな倒し方をする人間はいないと、エドたちには驚かれた。せっかくの毛皮が穴だらけだ。まあ再生スキルがあるので、問題ないだろう。狼は自分で回収しておく。

2階に戻り、空きスペースに陣取って飯にする。

「昔は、ここがモンスターハウスだったのでしょう。今では休憩スペースとして使われています」

よく見ると、他に2組の冒険者がいる。

テーブルと椅子を出し、ご馳走を並べていく。まず、俺とエリーン、エドから食事を摂った。メニューは、冷たいジュースに、ハムを添えたサラダ、唐揚げ、柔らかいロールパン、卵焼き、カップスープ。他の冒険者の刺すような視線が痛い。

エリーンは、いちいち感激しながら食いまくっていた。ダンジョンの中でこんな美味しいものが食べられるなんて！

そして催促するように、こっちをじっと見る。

「シュークリームは後にしよう。食後はプリンだよ」

紙皿にプリンを出す。プニューンと揺れる様子を不思議そうに見ていたが、一口食べて驚愕する。もう、夢中で掻き込んでいた。例によってお代わりを要求して、瞬く間に3個目を食べ終わった。次のお代わりを要求したところで、エドに怒られた。

残りの2人を休憩させて、自分も見張りに立った。念のための練習だ。食後に少し休憩した後、ゆっくりと歩き始める。

出てくるコボルトを、今度は剣で倒す。まずは普通の剣を使って、身体強化のみで相手をする。次に、各種魔法剣を使ってみる。そして、各種初級魔法をぶっ放す。ナイフ、斧、石など

も投げてみた。棍棒や素手も試してみる。

結局、今の自分の実力なら、この程度の魔物がどれだけ出ようが無双できそうだ。かすり傷一つ負わない。狼みたいに機動力があるタイプの方が苦手だ。結構な数を倒したが、ランクの低い魔物ばかりなので、Dランクには上がらないらしい。そうか～、残念だ。

16時くらいには外に戻ると、エリーンが聞いてきた。

「あのう、シュークリームは？」

「ゴメンゴメン。忘れていたよ。もう帰るから、1個だけね」

手渡すと、その場でパクッ。

「うおー、これも甘い～」

瞬く間に食べ終わり、こっちをジト目で見て動かないので、与えつつ歩き出す。結局4個目を要求したところで、またエドに怒られた。


夕食を摂りながら、残りの予定について打ち合わせをした。最終日は移動日だから、探索できるのは実質4日だけだ。行けるところまで行って、遅くとも3日目の朝からは引き返す。最悪でも、5日の14時くらいから急いで帰れば間に合うはずだ。

予定が決まったので、明日からの探索に向けて早めに就寝した。

◆◇◆◇◆

異世界19日目。

いよいよ本格的な探索だ！　1階と2階はあまり魔物が出ないので、走っていく。1時間で3階の狼ゾーンに来た。走りながら接敵したので、風魔法で次々と倒していく。こいつらは機動力があるので、銃で狙うよりも、広域の攻撃ができる魔法の方がいい。さくさく吹き飛ばして、ここも1時間で抜ける。

4階は蜂のゾーンだ。ここの蜂はとてつもなくデカく、40㎝くらいある。火炎放射で焼きながら駆け抜けた。逃げられたら風魔法で叩き落とす。

朝の6時から潜り、現在9時ちょうど。少し休憩をとる。張り切って、駆け抜け続けたので、気分的に疲れてしまった。体は疲れないんだけど、心はおっさんなのだ。

クッキーとコーヒーで、お茶タイムにする。プリンは食後のおやつの予定だ。魔物の巣窟を香りが漂うが、ここには自分たちしかいないし、魔物は雑魚しかいないようだ。エドの許可が下りた。

マットとピクニックシートを敷いて、つい30分も休んでしまった。最初に1人で魔物に対峙した時に比べれば、行楽以外の何物でもない。おやつに夢中なエリーンが一緒なので、特にそう感じる。

休憩後に向かった5階は、ヘビの巣窟だ。斑模様の外見が気色悪い。直径20㎝、長さ5mほどもある。こいつに噛まれると、神経がやられて、身動きできなくなるらしい。意識はそのままなので、最悪の気分だろう。

このヘビは素早いし、接近されて巻きつかれるとやっかいなので、風魔法で首を落としていった。わらわらとミミズの如く湧いてくる様子が、まるでB級映画だ。肉はスープや焼き物として好まれており、皮も皮革製品として人気が高いようだ。

6階は大とかげ。こいつは保護色系だが、レーダーMAPでは丸見えだ。トカゲだけあって、動きは素早い。しかし、狼みたいに壁を跳ねたりしないし、腹の皮は薄いそうなので、アースランスで串刺しの刑に処した。どちらかというと、狼よりこいつの方が壁を這うイメージがある。

ちょっと早いが、ここで昼飯タイム。今日のメニューは、唐揚げの代わりに、しょうが焼きにした。エリーンがじっと見てくるので、2個までと念を押してからプリンを出す。今日はじっくり食べていた。

ここまで罠らしい罠がなかったので聞いてみたが、10階を超えないと罠はないらしい。最近は、宝箱もそんなに見かけないようだ。それは残念。やっぱり、宝箱はロマンだよね。きっとミミックもいるんだろうし。

7階は、足から足まで1mくらいの蜘蛛だ。うーん、あまり好きじゃないな。銃と火炎放射器であっさり倒せた。さくさくと進むが、何故かスライムが多くて閉口した。ここまでに見かけたことのない種類もいた。8階へ降りる辺りで、ふいに誰かに呼び止められた。

「おーい、あんたら毒消しを持ってないか?」

見ると、真っ青な顔をして寝かされている2人と、それに付き添っている2人がいた。

「ポイズンスライムにやられちまってな。蜂にやられたんで毒消しは使っちまった」

なら、何故先に進んだ!

「回復魔法持ちだ。俺が診よう」

「助かる！　恩にきるよ。俺はロバート、こいつはトニー。そこで唸っているのがミレーとロイドだ」

「アルフォンスだ。商人をしている」

さっと治療して、情報を聞く。

「この辺りじゃ滅多に出ないポイズンスライムにやられたんだ。ちょっと手持ちの金が苦しかったので、無理して進んだらこの有様だ。最近、少し魔物の出方がおかしいところがある。お前らも油断しないようにな」

俺は、物問いたげな目線をエドに送ったが、彼は首を傾げている。

「最近はあまりここへも来ていませんので。もう少し情報を集めてくればよかったですね。訓練ということでしたので、油断してしまったかな」

さっきのメンバーには、毒消しをいくらか渡して、もう上へ戻るように言って別れた。

14時30分。半端な時間の休憩になってしまったが、あと3階分進むことにした。8階は蝙蝠《こうもり》で、でっかい小笠原級だ。もっとも、こいつは食べても美味しくないらしい。風魔法と火炎放射器で終了。超音波で攻撃してくるわけでもなく、数で襲ってくるだけの連中だ。彼らのアドバンテージである闇は、味方してくれなかったようだ。我々のパーティの周りは、照明魔道具のせいで省エネなんてクソ食らえな明るさになっていた。

9階は蠍《さそり》ゾーン。1mくらいで迫力があるが、動きはのろい。こいつらもアースランスの餌食にしてやった。

10階は百足《むかで》だ。3mはあるが、ただデカイだけだ。意外と素早いが、魔法であっさりと倒せた。そこまで終えて、17時30分になった。

「1日で案外来られましたね。2日でここまで来られればと思っていたんですが。アルフォンスさんが無双していましたからね」

「なあに、御付きの人がいろいろ見ていてくれるから、気楽なもんだ。案外野営に相応しい場所ってあるもんなんだね」

俺たちは、また旧モンスターハウスのような場所を、野営場所に選んでいた。

「まあ、よくこなれた迷宮ですから。ここで天幕《テント》を張りましょう。1張りですみません。出してもらっていいですか？」

「いえいえ。自分用もあるんだけど」

自分のテントを使ってみたかっただけなんだ。

「いえ、何かあった時のために固まっていましょう。さっきの方の言ったことも気になるし」

「了解。では」

テントの他、マットやシート、テーブル、チェアを出す。

「料理はしても大丈夫？」

エドは少し考えてから答える。

「いえ、さっきの話もありますし、やめておきましょう。匂いで魔物を引き寄せるようなことになったら大変です。他の冒険者が来る可能性もあります。火を炊いて炊事をするのはマナー違反ですし、匂いの強い食べ物も同様です。まあ、普通は堅いパンと干し肉なんですが……」

そうか。じゃあカレーも駄目だな。そういえば、ＢＢＱでグリオンが釣れたっけな。

だが問題ない。お湯も温かい料理もどっさりある。そして、あるものを出した。

「それは何です？」

「シャワーだ」

「シャワー？」

そう。スタンド式の簡易シャワーだ。ボックス式で外から見えないようになっていて、蛇口を捻ると温かいお湯が出る。インベントリからお湯を出しているだけなので、ギミックは何もない。エドは呆れたような顔をしていたが、エリーンは目を輝かせていた。皆で順番にシャワーを浴びてから、夕食の準備をする。匂いが出るので石鹸類は使用していない。

夕食はハムステーキにした。ステーキより匂いがしない。焼いて持ってきた物だしね。スープはコンソメの匂いがキツイ気もするので、カップスープにした。本当はポトフを出したかったんだがな。パンにサラダ、そしてスパゲティも少々。ビールを飲みたかったが、さすがに自粛した。

明日の話をレクチャーしてもらってから寝る。４人は、２時間交代で見張りだ。砂時計で測るらしい。お疲れ様。俺はレーダーＭＡＰを警戒モードにして、たちまち夢の住人となった。

◆◇◆◇◆

異世界20日目。

朝の5時に起床する。ウォータージャグの水で顔を洗い、食事を摂った。朝はオムレツにヨーグルトもつける。

いよいよ11階、オークのゾーンだ。早速、レーダーMAPに反応が2体。魔導ライフルを構えて撃ちまくると、穴だらけになって倒れるオークたち。おお！　さすがは雑魚だな。倒したオークは、もちろん回収だ。

そこそこ罠もあったが、簡単に回避できるレベルで、デニスについて罠解除の練習もさせてもらった。

ぐいぐい進んで、12階はホブゴブリン。オークより、上の扱いなのか？　体格も人間並みにあるが、ライフルには抵抗できず、ばたばたと倒れるだけだった。

13階はホブコボルト、14階はハーピーが現れた。前者は魔導ライフル、後者はエアカッターで刻んだ。

14階も終わろうかという頃に、いい休憩場所を見つけたので、昼食にした。今日のメニューは五平餅だ。若干匂いが広がったが、エドも文句は言わず、黙々と食っていた。気に入ったんだろう。

食後にまったりとしていると、突然、人が転がりこんできた。身なりのよさそうな人だが、ボロボロの状態だ。五平餅が食べたいのかな？

「おお！　冒険者か！　頼む、一緒に来てくれ」

何の話だろう？　その人の話によれば、ある高貴な方の訓練というか、要するにパワーレベリングに来たところ、〝はぐれ〟が出たという。Aランクのキメラだ。

「キメラだって？　我々のパーティの手には余る！　引き返して援軍を呼んでくれ」

珍しく、無口な戦士のロイドが口を開いた。

「アルフォンスさん！　今回はもう引き上げましょう。さっきの男の話は本当だった。キメラなんて、こんなところにいるはずがない。危険です」

「そうだな。そちらの方もご一緒して、救援隊を呼んだ方がいい」

俺もそっちの意見に賛成だ。なんだか、ヤバそうな話だ。

「駄目じゃ！　おぬしたち、一緒に来てくれ。もはや一刻の猶予もならんのだ」

爺さんは聞き分けがない。

「無茶を言わないでくれ。Cランクの私たちじゃ手に負えない上、こっちは訓練依頼で来ているんだ。そこまでの装備もない」

エドが諫《いさ》める。

「ならば……ならば、王家の名において命令する。おぬしたちを徴用する」

何かえらいことを言っている……。俺は、話に割って入った。

「ちょっと待ってくれ。彼らは冒険者、俺は商人だ。この国に属しているわけではない。命令も徴用もできないぞ」

「ならば、どうするのじゃ。早く助けにいかねば殿下のお命が！」

ほー、殿下ときたもんだ。ここは少し考える。この国の王家は稀人に好意的だという話じゃないか。褒美がもらえるかもしれないし、宝物庫には帰還に役立つようなすごいお宝があるかもしれない。うん、今の俺ならやれるだろう。ＨＰも魔力も半端ない数字だ。上級魔法や兵器類もある。証拠映像を記録しながら聞いた。

「褒美は何がもらえる？」

「アルフォンスさん！」

エドも真剣な表情で、気色ばんだ声を出した。

「望みのままじゃ」

爺さんは、気安く安請け合いする。怪しいな。

「殿下とやらを助けたら、何でもくれるんだな。例えば、宝物庫の中の宝や魔道具なんかでもくれるのか？」

ここは、じっくりと念を押しておく。信用できないし。

「何を言っているんですか！　相手はAランクの魔物、我々の敵う相手ではありません。逃げましょう」

それなりの経験を積み、Cランクパーティを率いる冒険者が、必至に諌めようとする。

「これを」

金貨10枚の入った袋と、依頼完了のサインを書き込んだ書類を取り出して、エドに渡した。

続けて、水と食料、野営道具とポーション類も渡した。

「ここまで、ありがとう。ギルドからの報酬とは別のボーナスだ」

「ア、アルフォンスさん……」

エドが消え入りそうな声で言う。

「俺は大丈夫。奥の手もいくつかあるし」

狭い場所で使うのは、少し不安があるけどね。

爺さんに向き合って、再度確認する。

「で、さっきの褒美の件は？」

「む、それは。わしの一存では……」

爺さんの歯切れが悪い。

「騙したのか？　分かった。エド、俺も一緒に帰るよ。ただで命は張れない」

「ま、待て。分かった。王には具申しよう。しかし通るかどうかは分からん」

さっきと違って、打って変わった弱気ぶりだ。やっぱり、ただの大風呂敷だったのか。

「ＯＫ。だが、その言葉に偽りがあった時には、ただではおかない。もう一度しっかり誓ってくれ。殿下の救出に成功した場合、報酬として王家の宝物庫の中から、希望の物をもらえる。これで間違いないな？」

「そのように取り計らう。ただ、希望が適うかどうかは保障できぬ。その場合は金銭なり、何なりで褒美を出そう。アルバトロス王家第３王子エミリオ殿下の名に誓って」

ほっほう。王子様の御守役か、この人。それなら、要求するくらいはできるかもな。

「いいだろう。契約成立だ。では行こうか」

何にしても、手ぶらにはならないだろう。割と希望の展開ではある。問題は魔物の実力なんだが、不思議と負ける気がしない。俺の場合、こういう時は絶対に大丈夫なのだ。

「アルフォンスさん、本当に行かれるのですか？」

エドは心配そうに、蒸し返す。

「ああ、危なかったら、仕方ないので撤退するよ。爺さん、それで構わないよな？」

「いたしかたあるまい……」

爺さんは渋い顔だ。

「そうそう、キメラというのは？」

一応、聞いておく。情報は大事だ。

「手ごわいですよ？　倒すには上級魔法が必要でしょう」

「上級魔法はいくつか持っているが、場所がよくないな。あと守らねばならないＶＩＰがいるのが辛い。荒野のど真ん中なら瞬殺だけど。他には？」

「瞬殺って……。あとは、魔法を使ってきます。同時にいろんな攻撃をしてきますので」

へえ、やっかいそうなヤツだな。

「こちらの魔法を打ち消してくるとか、防御魔法は？」

「そこまではよく分かりません。が、ＡランクはＳランクのドラゴンに準じる強さで、通常はＢランク冒険者が10人以上集まって討伐します。一歩間違ったら、それでも全滅です。幸運をお祈りしています。本当なら絶対にお止めしないといけないのですが」

最早諦め顔で、俺を見送ることにしたようだ。

「で、どっちだ?」

「こっちじゃ。ああ殿下、どうかご無事で」

俺は、自分より5㎝ほど背の高い爺さんをひょいと担ぐ。

「な、何をする」

何も言わずに駆け出した。15階へと駆け下り、3分も走らぬうちに着いた。魔物は避けまくって、大疾走だ。爺さんが目を回している。


入り口の狭い部屋の前に、そいつはいた。ここは広場のようになっている。物陰から、カメラの望遠機能でヤツを確認する。ライオンの頭とヤギの胴体、毒蛇の尻尾、そして翼を持っている。でかいな。全長10m、さらに尻尾が5mも伸びている。

入り口には魔法でシールドが張られているようだが、キメラはすさまじい火炎を浴びせている。あれがブレスか?

窪みの場所に爺さんを置き、自分の身は自分で守るように伝える。

「せっかく、あんな風に隙だらけなんだ。奇襲が吉だぜ。失敗したら、反対方向へ連れていくから上へ逃げろ」

「お前はどうするのじゃ?」

「巻き添え食らう人がいなけりゃ、やりたい放題だ。爺さん、名前は？」

「ルーバじゃ」

「じゃあな。殿下は任せた」

先ほどから、バフをかけまくっていた。そして、ヤツにもデバフをかけまくる。狼狽したヤツは、炎を吐くのをやめて敵を探す。遅いよ。特別に魔力を込めまくったエアカッターをお見舞いした。胴体を大きく切り裂いたが、まだ倒せてはいない。ヤツの片翼を切り落としたため、噴出する血潮で辺りは血の海となる。

すかさず、もう1丁エアカッターを食らわせて、残りの翼も切り落とした。どっち道ここでは狭すぎて飛べないだろうが、移動に制限はかかるはず。足を潰せば攻撃力も低下するだろう。

炎を吹いてきた。シールドであっさり跳ね除ける。だが、ヤツは炎に隠れて突進してきた。スロウを重ねがけしてあるが、まだかなりの突進力だ。

頭の中で何かが煌《きらめ》く。何だ？　尻尾が妙に気になる。こちらから見えないように隠している？　嫌な感じが拭えない。

「ヤバい」

何かが頭の中で囁いた。莫大な魔力を込めてエアカッターを準備し、フライで飛んで、すれ違いざまに尻尾を切り落とした。５ｍの巨大な尻尾がうねる。ヘビの脳天に、ミスリルの槍をねじ込んで封じる。きっと毒を吐こうとしていたのだろう。尻尾は邪魔なので、槍で差しまくって標本状態にしておいた。

もう結構血を流しているはずなのに、弱っている様子は全くない。あまり強力な魔法を使うと、殿下が危ないので注意が必要だ。キメラにスロウを重ねがけして、こっちはファスト、ファスト、ファスト。挑発してから、奥へ向かって走って逃げる。ちゃんとやれよ、爺さん。

5分ほど追いかけっこをして、また広い空間に出た。これはいい塩梅だ。上級魔法のサンダーレインを食らわせる。高さ20mほどの天井付近より、鮮烈な稲妻の雨が轟音を立てて降り注いだ。だだっ広い空間そのものを埋め尽くす、すさまじい雷撃の嵐、雷鳴、雷《いかずち》、霹靂。消音魔法のサイレントを張ってあるので、こっちに音の被害はない。

さすが上級魔法、すさまじい光景だ。キメラは煙を吹いて倒れたが、まだ起き上がってくる。LV1じゃあな。あ、LV2になっていた。さらにもう1発食らわしても、怪物は咆哮を上げながら耐える。マジですか。どんだけ化け物なんだ。もう2発食らわしたが、まだ吼えている。おいおい、しぶといにも、ほどがあるぜ。

重力系の上級魔法グラビティをかけたら、さしものキメラも動けなくなった。グラビティがLV2に上がる。サンダーレインをもう1発お見舞いし、さらに拘束系土魔法アースバインドで拘束する。いまだに吼えるキメラ。ゴキブリ並みの生命力だ！

これじゃキリがない。接近したくないので初級のエアカッターに、限界一杯の魔力を込めてみた。強引に頭を切り落とすと、さしものキメラも絶命した。死体はきっちり回収しておく。こいつは高く売れそうだ。

いやあ、ギルマスに感謝だな。いろいろな魔法がなかったら、兵器類でやるしかなかった。ＭＰが余りまくっているのに、それは悪手だ。

キメラが、防御魔法やアンチスペル系とかを持っていたらヤバかった。最初に翼をカットして、尻尾で毒をまき散らされる前に潰せてよかった。魔法のＬＶは絶対に上げておこう。

俺は来た道を戻ることにした。こういう時にＭＡＰがあると便利だ。ギルドに戻れば、Ｄランクへのランクアップは間違いないだろう。万一報酬を踏み倒されても、十分見合う。何より、戦闘経験がありがたい。そういえば、爺さんはどうした？

元の場所に戻り、キメラの尻尾と槍を回収しておく。殿下たちがいた部屋の中を覗いたが、ちゃんと逃げ出していた。爺さんもいない。

進みながらレーダーＭＡＰで確認したら、爺さんが駆け込んできた場所に人が集まっている。走っていくと、そこには爺さんと殿下ご一行の他に、なんとエドたちがいた。

「おお、アルフォンスさん、ご無事でしたか」

エドから、ほっとしたような声が上がった。

「何で残っていたの？　助けを呼びにいったんだとばかり思ったよ」

エドは首を振った。

「今からでは間に合いませんよ。それより、アルフォンスさんを助けて、逃げ出す方法を考えていました」

俺は笑って、エドの背中を軽く叩いた。

「ありがとう。漢《おとこ》だな」

それから、小さな王族の前に赴くと、恭《うやうや》しく膝をついた。

「エミリオ殿下でございますか？　ご無事で何よりです。キメラは無事退治いたしましたので、ご安心ください。私はアルフォンスと申します」

「うん、アルフォンスとやら、ご苦労であった。本当にあれを1人で倒したのか？」

興味津々と言った感じで、水面に写す光の如く、キラキラと目を輝かせていた。

「はい。やっつけました」

「後でそのお話を聞かせて！」

もう好奇心を隠せないという、歳相応の反応に好感が持てた。

「よろしゅうございますとも」

ニコニコと答えた。そして、爺さんに向かって確認する。

「で、爺さん。約束は忘れていないだろうな?」

「分かっておる。大儀であった。約束は必ず果たそう。それより殿下はお疲れだ。飲食物と天幕の準備をお願いしたい。あと、戻るまでの間の護衛もお願いしたい」

まあ、当然か。

「分かった。受けよう。ただ、こちらの者たちは冒険者故、ランクに見合った報酬を約束してほしい」

「分かった。では頼むぞ」

「だそうだけど、いいよな?」

「あ、ああ。それはいいんですけど、本当にキメラを倒したんですか?」

「ああ、骨が折れたけどな。きっちり殺しておいた。いやあAランクはしぶといわあ~。魔法のLVを上げないと、この先が思いやられる」

「あんた、とんでもない人だな……」

エドも飽きれ返る。

「さってと」

仕方ない、あれを出すか。どんとバンガローを出したので、皆驚いた。

「ささ、殿下。こちらにて、おくつろぎくださいませ」

御付きの方が2名。1人は護衛の魔法使いらしい。もう1人は侍女か。

もう2つ出して、1つは俺たち、もう1つは侍女たちの分だ。もちろん、布団も出しておいた。

バンガローを出すのは躊躇ったが、さすがに王子様を冒険者用のテントには寝かせられない。アルミ蒸着のマットの上に布団を敷き、毛布を2枚用意した。

「粗末な小屋で申し訳ございませんが、これでご勘弁を」

「収納持ちであったか」

爺さんが感心する。

「商人の嗜《たしな》みさ」

「何？　冒険者ではないのか」

爺さんも驚いた。まあ、商人がAランクの魔物をソロでやらないよね。

「ああ。冒険者でもあるが、本業は商人だよ。さてさて、じゃあご飯の支度をしようか」

食事の準備を始めたところ、侍女が口を開いた。「その前に湯浴みの支度はできませんかしら。荷物は全部捨てて逃げてきてしまいましたし」

「シャワーしかございませんが」

「シャワーとは？」

「これです」

シャワーボックスを出して、使い方を説明。さらに、もう1棟バンガローを出して、中にシャワーボックスを設置した。さすがに殿下が石鹸もなしというのは問題なので、石鹸やタオルなども用意した。魔物が来たら、戦うまでだ。さすがに、この階層でキメラのような化け物はもう出ないだろう。エドの話では、ヤツは40階層以下のボスのような魔物だそうだ。どれだけ散歩好きなんだよ。

食事用にアルミテーブルやキャンピングチェアを出したが、体の小さい殿下が座るのは変なので、バンガローのテーブルで食べていただくことにしよう。

バンガローの前にいる護衛の女性に話しかける。

「殿下のお食事はどうしたらいい？　それなりのものは用意できるが、火で煮炊きをするのはマナー違反だそうだ。というか魔物が寄ってくる」

「そ、そうね。何でもお食べになるけど、まだ7歳であられるので、子供向けのメニューがいいかしら」

「肉とかも大丈夫？」

「ええ、特には問題ないけれど、あまり辛いのはまずいです」

取っておきのカレーはダメそうだな。

「分かりました。一応私の方で用意しておきます」

さてと、取りあえずは唐揚げ1択だな。後はポトフとサラダ、卵焼き、ロールパン。いや、ここはパンの缶詰の出番か。デニッシュパンだ。ミルクにオレンジジュース。あと、生ハムにスパゲティサラダ。フルーツ缶でも開けておくか。デザートにケーキは必須だな。

少し気になっていたことについても聞いてみた。

「殿下のトイレはどうしていたんですか？」

「天幕を張って、中でしていました」

うーん、イメージが湧かないな。

「えーと、座ったままするって感じかな？　お尻の始末は？」

「後始末する魔法があるの」

「頼むう～。教えてくれ～」

やったぜ、お尻拭き魔法をゲット。生活魔法というらしい。

バンガローをコピーして、中にトイレを作成してみる。イメージ作成で洋式便器と子供用小便器を作り、ボットン風にした。ふと見たら、周りがバンガローだらけになってしまった。

用を足した後の始末も工夫が必要だ。しばらくすれば消えるが、匂いの問題もあるので、覚えたての生活魔法を付与しておく。

食事の用意ができると、殿下はあまりご飯を食べていなかったらしく、出されたものを夢中で食べ始めた。爺さんと殿下が食べて、御付きの者は2人のお世話だ。

エドたちは護衛、自分は給仕をする。給仕の間は、さっきの武勇伝を面白おかしく話して聞かせる。殿下が夢中で聞いていた。

殿下を寝かしつけてから、侍女さんたちはようやく自分の食事にかかる。俺とエリーン、エドも一緒に食べ、交代で後からデニスとロイスが食べる。

「なかなか素晴らしい食事でしたわ。殿下も大変お喜びでした。特にケーキがお気に入りなようで」

「まあ、それなりの商人ですので。それにしてもスパルタでございますなあ。殿下もあの御年で、こんな少人数でダンジョンに来られるとは」

「いえ、他の者は殿下を逃がすために犠牲に……。30人の護衛のうち、生き残ったのは私だけです……」

「そ、それはまた」

何てこった。

「実は訓練というのは部外者への方便で、殿下は少し訳ありでダンジョンへお越しになりました。それも今となっては……」

「事情は聞きませんよ。我々が聞くには重大すぎる。殿下のお命が助かっただけでも、良しとせねば。まあ、この先は我々が通ってきた道。そうそう危険もありません。道案内も、ベテランのCランク冒険者がついていますしね」

完全に人任せな、おっさん。

「ありがとうございます。そろそろお暇《いとま》させていただきますわ」

「しっかり休んでください。明日からは、また行軍です。見張りは、冒険者がやってくれますので」

王族の護衛というからには、貴族の子女なのか。えらい美人さんだ。

◆◇◆◇◆

翌朝も、俺が食事の支度をする。エドたちにやらせると、携帯食になってしまうからな。

食後に、殿下を背負うための背負子《しょいこ》を作ってみた。それを背負うのはエドだ。

「よっ！　子連れ狼！」

「何ですか、それ？　からかうのはよしてください！　あ、いや失礼いたしました、殿下」

「くすくす。仲がいいんですね」

「はあ、まあ」

道中は、俺が先頭を行くことになった。露払いの人間兵器だ。雑魚相手なら、今や完全に無双だもんな。２番目がシーフのデニス、慣れないおっさんがミスらないようにフォローに入る。次が、背中に殿下を背負ったエド。その後ろを、殿下を守るように護衛の女性が続く。さらに、爺さんと侍女さんが続き、その護衛にエリーンがついた。しんがりを屈強なロイスが務める。

「じゃあ行きますか」

行楽の山登りに行くような、俺の気楽な掛け声で出発した。

５００に増やした照明ポッドが、先の先まで照らしてくれる。驚く王家の一行。殿下の周りと全体には、バリアポッドを二重に張り巡らせる。さらに、一行の周りを戦闘ポッド１０００基で埋め尽くす。

そこからは、もう一方的な大虐殺だった。レーダーＭＡＰに映る敵影を、レーダー連動射撃で全て撃ち払う。天井のスライムも粉々だ。人間を誤射しないように、マップでは人と魔物を識別して、赤のみを撃つようにセットした。黄色があれば、一時射撃を停止する。

自重は一切なしだ。撃って、撃って、撃ちまくった。王子様は大興奮だ。エドたちは完全に引いていた。王家の関係者も、口をあんぐり開けている。日本のアニメでも、ここまでやらないよな。現実は安全第一なのさ。俺の黄色いヘルム、いや黄色いプラスチックのヘルメットには、安全第一の文字とともに、緑の十字が刻まれている。

毎日、魔物さんを大虐殺しながら、進んでは休憩、宿泊を繰り返した。一番の問題は、食事のメニューが単調になりそうなことだったが、無事に食事を作りきった。うん、満足だ。殿下とエリーンは大喜びだったが、他の人は呆れ返っていた。

そうこうする間に、2日がかりでダンジョンを脱出した。さすがに、女性の足や、殿下を背負ったエドにも配慮が必要だったのだ。殿下だって、あの体勢では結構疲れる。

おかげで、攻撃ポッドに搭載してあった初級魔法が、軒並み上限のLV10に上がった。戦闘ポッドの制御もかなり上達して、前後左右の敵を撃ち分けられるようになったのは大きい。

地上に帰還した俺たちは、お天道様のありがたさを実感した。

5章　おっさん、王宮に行く

異世界23日目。

昨夜は、ダンジョンの街で宿を取った。王族が泊まるのに相応しい宿などありはしないが、行きに泊まったところを手配したようだ。既に王宮には早馬で先触れがいっており、物々しく騎士団が派遣されてきた。

エドは真っ白に燃え尽きていた。よかったな。3日も王子様背負って歩く経験なんて、もう2度とないぞ。


翌日、豪華な馬車で王子様一行は王都へ向かい、我々も王宮へと招かれた。おお〜、3番目の塀の内側に入る日が来るとは、感慨深い。

王宮に入ると、豪華な一室で待たされた。皆落ち着かない様子だ。いっぽう、俺はご機嫌で、尻尾ぱたぱた状態。ここまで連れてきたということは、約束を一方的に反故にする気はないはずだ。最悪でも、宝物庫の見学は勝ち取ろう。何かいいものをコピーできるかもしれないと、浮き浮きしていた。

「よくそんなに暢気《のんき》にしていられますね。ここは王宮なんですよ？」

「だからあ？」

頭を抱えるエド。

「本来、我々なんかが来るようなところじゃないんですよ？」

「そうだよー」

さらに頭を抱えている。

「なに、殺されやしないさ。裏がどうであれ、表向きは王子様の命の恩人だぜ？　殺しにかかってくるなら、血路を開くまでだ。この王国だって、そこまでケチじゃないさ」

「ケチとかそういう問題ではないのですが……」

諦めたようにエドが言う。

俺たちが会話をしている途中でドアがノックされ、部屋の中に白銀鎧の騎士が入ってきた。

「国王陛下がお会いになられる。謁見の間に参られよ」

「！」

いきなり王様に謁見かよ！　これは予想外だった。

みんな緊張しまくって、酷いことになっていた。自分は、この世界の人間ではないので、全く実感が湧いていない。あれこれと、辺りを見回していた。んー、いい調度品だなあ。コピーしたい。さすがに、そんな余裕はなかったが……。

「冒険者5名を連れてまいりました！」

扉が開いて中へ入ると、雰囲気がヤバいことを理解した。危険とか、そういうことではなく、そこにいる人たちの雰囲気がね。場違い感がひしひしと押し寄せてくる。

今さら手遅れだが、もう少しマシな格好に着替えてくればよかったかなと嘆息する。煌びやかな方々の御前を、典型的な冒険者風スタイルの俺たちが、慣れない足取りで通り抜けた。全員指示されたところで跪いて、首を垂れる。

「苦しゅうない。面を上げよ」

おお～！　本当にそんなこと言うんだ～。ちょっと感動した。

「このたびは、よくぞエミリオを救ってくれた。感謝する」

「ははっ。ありがたき、お言葉。感激でございます」

丁寧に、丁寧に。

「時に、褒美として宝物庫の物が欲しいそうだな？　それは全員か？」

エドたちの方を見る。全員がぶんぶんと首を振る。

「彼らはいらないそうです。もとより、その要求をしたのは私であり、殿下の御付きの方には、彼らにCランクのパーティとしての護衛の報酬をと、お願いしております」

「そうか。だが、宝物庫の中身となれば、そう簡単に渡してやるわけにもいかんのだが」

「そうでございますか。それでは、宝物庫の中を見学させていただけませんでしょうか？　商人として、一生に一度はそのような眼福《がんぷく》に巡り合いたいものです」

「ほう。それは欲のないことだな」

国王陛下は、しばし考えてから言った。

「分かった。そのように取り計らおう」

「本当でございますか？　ありがたき幸せ！」

「それでは下がるがよい」

「ははーっ」

やったぜ。権利獲得！　浮かれて、その場で踊りだしたいくらいの気持ちだ。エドたちとは、ここで別れることになった。

「またな～」

俺は、満面の笑顔で右手の親指を立てた。

「どうも。またご一緒できたらいいですね」

「ケーキー。シュークリームー。プリンー」

何か言っているヤツがいるな。マジで泣いていたし。

案内人と監視の騎士2名に連れて行かれた王宮の宝物庫は、なかなか荘厳な眺めだった。普通は絶対に入れない場所だもんな。

一緒にいる3人を鑑定解析してみたが、特別なスキルはないようだ。ただし、おかしな真似でもしようものなら、騎士たちが剣を抜くのかもしれない。ふふ。残念だが、目視収納で瞬間コピーできるからな。

どんな武器防具や魔道具があるか分かればコピーや再現ができるかもしれないという思いもあって、見学は真剣そのものである。中には興味深い陳列品があり、とても参考になった。服の装飾に見せかけたドライブレコーダーで記録し、コピーできるものはコピーしていく。魔力を検知して知らせる警報があったらアウトだが、何故だか大丈夫な気がしていた。第六感が働いているのだろう。

一番奥に初代の建国王の遺品があったが、そこには「転移の腕輪」が飾られていた。俺は、食い入るように見た。コピーはおろか、瞬間収納すらできない。残念だ。

しかし、諦めずに解析してみる。かつての魔力の流れを見ようとして集中すると、……何故か見えてしまった。腕輪に込められた、稀人の魔力のせいだろうか。ほんの一瞬が、永遠の時に感じた。そして、「イメージ作成」で腕輪を作れてしまった。

もしかしたら、稀人が来たら見えるようにと、初代国王が配慮してくれたのかもしれない。現物を見ながら、いろいろと心ゆくまでチェックしていく。そこで理解した絶望。この腕輪で日本に帰ることは無理だと、ハッキリと感じ取った。

少し考えれば分かることだった。こんなものを持っていたのに、初代国王は日本に帰れなかったのだ。帰れなかったからこそ、この王国は存在する。そんなことに気付かないほど、俺は浮かれすぎていた。

ま、いい装備が手に入ったからいいかな。気持ちを切り替えて、その後もコピー三昧ツアーだ。8割方はコピーできた。なかなかの悪党ぶりといえる。

曰くつきの品物や、やっかいな魔力を持つ魔道具などはコピーできなかったが、似たような物をいくつか作ることができた。

報酬としては十分にして余りある。もう6時間も長居して、大変ご迷惑様だ。でも、皆口を揃えて、殿下を助けてくれてありがとうと言ってくれた。ちょっと胸が痛いな。案内人に礼を言って、悪党は退出した。

超ご機嫌で城を出た後、ギルドでランク上げの交渉をすることにした。

今回のダンジョンでの経緯をギルマスに話したところ、いきなり頭を抱えだした。

「ランクAのキメラをソロ討伐するなど、Bランクでも不可能だ。Aランク推薦案件だぞ。しかし、お前はEランク。本来はありえない」

そんなこと言われてもね。それを成した上級魔法は、あんたから貰ったものなんですが……。

「おい！　Cランクに上げてやるから、それで我慢しとけ」

額に手を当てながら、ギルマスは言葉を乱暴に吐き出す。

「お！　マジでいいの？　てっきりDランクだと思っていたのに」

「いいか？　実力だけならお前はAランクだ。しかしな、AやBは試験を通らないと上げられないんだよ。ギルマスの権限で無条件に上げられるのはCまでだ。よってC。その代わり、Bランク試験へのギルマス推薦をくれてやる。それで我慢しとけ。これがあると無条件でBランク試験の優先枠に入れる。都合のいいことに明日試験があるから、受けていけ」

いきなり明日か。続けて説明してくれた。

「Bランク試験は各国で毎月開催される。参加者は500人ほどで、予選で元Bランクの教官相手に20人程度に絞る。それから本戦でトーナメント戦を行い、優勝して審査に合格すれば晴れてBランクが与えられる。1回で合格者が1人出るか出ないかの狭き門だ。その代わり合格すると〝男爵相当の扱い〟となる。王国に申請して、国に仕えることも可能だ。国に仕えれば、名誉男爵位も与えられる。功績を上げれば正式な爵位に昇格するので、領地持ちも夢じゃない」

なるほどね。結構なメリットがあるんだな。

「試験中に相手を殺したら失格だ。だから滅多に命を落とすことはないが、絶対じゃない。Bランク試験をきっかけに引退した者とか、負け犬根性が身について ずっとCランクで燻《くすぶ》っている者もいる」

「その上のAランク試験はどうなの？」

「Aランクとなると、各国持ち回りでの開催だ。現役Bランクなんて全世界に200人くらいだからな。Bランクになる歳だと引退する者も多くいるので、Aランク試験は毎回似たようなメンツでやるわけだ。そこで優勝した者は無条件でAランクに昇格だ。これは子爵待遇だな。ただ、やっぱり年令の関係もある。Aランクなんて、世界で12～13人じゃないか？　Sにいたっては、現役は3人ほどだ。明日優勝できたら、Aランク試験へ推薦してやろう。どうだ？」

「ふう～ん」

「お前な」

俺の気のない返事にギルマスが呆れ返る。だって、ピンとこないんだもの。

「あ、一応出ますよ」

「そうか。遅れるなよ。朝9時からだ。優勝したら、1カ月後にはAランク試験だ。今回はこの王都だから、強く推してやれる」

「は〜い」

「やれやれ」

それから、Cランクのカードを作ってくれた。これがないと明日の試験が受けられない。

面倒くさいことになったな。目標のCには達したわけだが、Bランクになると貴族扱いか。宿とかでの待遇はよくなりそうだな。

そんなことを考えながら、武器を製作する。「スタン」を付与した武器シリーズだ。スタンピストルも作ってみた。こっちにはレーダー連動攻撃もあるし、何か急にわくわくしてきた。

◆◇◆◇◆

異世界25日目。

朝早く起きて体調を整える。昨日1日休めたんで、いい感じだ。魔力鍛錬に、素振りとジョギング。飯もしっかり食った。

装備は革鎧に革ヘルム。盾はアイテムボックスの中だ。ギルマスに聞いたところ、収納は使ってもいいらしい。要は実戦そのままで、持てる力を全て使うようだ。

ギルドに到着すると、人でいっぱいだった。ほおー。やる気が漲っているな。みんな、貴族を目指しているのか？

やがて開始の合図が鳴る。うおおおおーー。盛り上がる受験者たち。しかし、現実は無常だ。国中から集まってきた元Bランクの教官の前に、ポイポイと脱落していった。CランクとBランクの間には、相当な実力差があるらしい。

ボケッとしていたら、その組の最後になってしまった。教官と向かい合うと、すごい迫力だ。だが、元Sランクのギルマスには遥かに及ばない。既に自分にはファストをかけまくってある。一瞬のうちに間合いを詰めて、カーンと小気味よい音を立てて、教官の剣を吹っ飛ばした。しかし、次の一撃を真剣白羽取りで受け止めやがった。とんでもねーな、元Bランク冒険者。

ぐいぐいと木刀で押しながら、言ってやった。

「予選で教官をうっかり殺しちゃったら不合格？」

教官はニヤリと笑って、押し返しながら、

「殺る気満々じゃねえか。いいだろう。合格だ」

本戦の試合場は2つ作られ、各会場で5試合ずつ行われる。俺の最初の相手は剣士だった。バックラーと片手剣を装備している。開始前にきっちり自分へのバフを終了させて、開始直後に相手へのデバフをまとめて食らわせる。事前に魔法を発動し、それをアイテムボックスの中に取り込んでおき、まとめて何個でも食らわすことができる外道技だ。

これを利用すれば、ありえない速度で相手にデバフがかかる。相手は、よく分からないうちに動けなくなったことだろう。ゲームなら運営に通報されそうだ。一瞬にして間合いを詰め、相手の剣を弾き飛ばし、剣を突きつける。あっさり終了した。

ギルマス推薦だからか、次はシードになっている。全部で4回勝てば優勝だ。

続いての相手は重戦士だった。金属鎧に身を固め、金属製の盾と大剣を持っている。問答無用で開始早々に超強力エアバレットを食らわせて、試合場から吹き飛ばした。場外判定で相手は失格。優勝まで、残り試合はあと2つとなった。

3戦目は魔法使い。なんかブツブツ呪文を唱えている。開始直後にぶっ放してくるつもりだ。こっちは剣も抜かずに、指向性の魔力をぶつけてやる。攻撃じゃないから失格にはならない。魔法使い同士なら、試合前のメンチ切りのようなもので、問題にはならないらしい。だが相手は気が付かない。よくそんな実力で出てこられたな。さらに濃密な魔力をたっぷりと、試合会場いっぱいに垂れ流してやる。魔法使い以外でも気付くほどに……。

そいつは、試合直前になって気付き、青くなって棄権した。あれで気が付かなかったら、最初にディスペルをかまして、バリアを目一杯にして全力で突っ込み、ぶん殴って場外に叩き出すつもりだった。

ついに決勝戦を迎えた。こいつは嫌な感じがした。

パッと見は剣士風だが、ただの剣士ではない。自分の第六感が全力で警告を発している。

絶対に潰す。そんな気概を持って、あれこれ魔法の発動準備をしていく。魔力を纏わせた魔法剣を全種類用意して、左側の腕輪のアイテムボックスに格納した。いつでも出せるように出待ち中だ。複数の魔法を内包した魔法パッケージも作って、大量にコピーしてある。

試合開始の太鼓が鳴った。エアバレットをぶち込んで、全力で警戒しつつ、デバフをかけまくり、同時にシールドを展開する。

相手は吹き飛んでなどおらず、むしろ一瞬で目の前に迫っていた。ともすればシールドが弾き飛ばされそうになるので、ハイシールドに切り替えた。強く、厚く重ねがけをする。間違いなくこいつは、Ａランク相当の力を持っている。厳しい戦いになりそうだ。

これはたぶん、濃密な魔力を纏うことにより、身体に爆発的な強度、パワー、スピードを得る方法だろう。身体強化というよりも、魔法鎧の効果に近いはずだ。

と思っていたら、ヤツの発動を見取っていたようだ。新しいスキルで、魔道鎧ＬＶ１とある。

これは莫大な魔力を必要とし、コントロールも難しいのだろう。ともすると、自分自身が吹き飛ばされてしまうのではないか？

こいつは相当の手練《てだ》れだ。どうしたものか。耐魔法性も相当なものだし、へたをすると魔法を吸収して強化されかねん。俺ならディスペル効果も持たせるだろう。迂闊《うかつ》に魔法を撃てないし、そもそも物理攻撃が簡単には通用しない感じがする。風の魔法剣に切り替えて、魔道鎧が切れないか試してみる。しかし、魔法剣が打ち消される、いや吸収された感じか。迂闊な真似をしなくてよかった。

仕方がない。物理兵器を試すことにした。ガソリンを上から大量にぶっかけて焼いてみた。すごい！　まるでイフリートみたいになった。ほお。物理兵器の効果は打ち消せないようだな。今までの１００倍くらいの魔力でバリア・シールドを超強化して、ニトロセルロースを大量にぶち込んでみた。一応空いている試合場に向かってやったけど、観客は無事かな～。

「ファイヤー！」

火種をアイテムボックスから飛ばした。

火薬の破裂する爆発音がして、ヤツは吹き飛んでいた。本人は、何があったのか分からないだろうな。すさまじい硝煙の中、レーダーを頼りに走り込んで、魔道鎧ごと場外に蹴り出した。

風魔法で硝煙を吹き飛ばし、片腕をぶんぶん振りまわしながらヤツを指差して、審判に場外アピールをする！　早くー、早くー。あいつが戻ってきちゃう。

「勝者、アルフォンス」

やったぜ、場外が認められた。揉めるかと思ったが、あっさりと俺のBランク昇格が認められた。ギルマスが強く推薦してくれたようだ。

しかし、対戦相手は怪我1つ負っていなかった。何て野郎だ。目が合ったら、ちょっとこっちを睨んでいた。絶対優勝するつもりでいたのだろう。こいつと、どこかでやりあう羽目になったらとんでもないな。魔道鎧は絶対に使いこなそう！


午後からは、早速、飛行魔法のフライで北のダンジョンへ向かった。目指すは転移石だ。北のダンジョン付近は、岩だらけの荒地が広がる。日本ではまず拝めない雄大な景色を眺めつつ、不思議な気持ちで空を飛んでいた。

北のダンジョンの街に到着し、カードを提示して、ささっと中に入る。

中はアドロスと酷似した風景だ。やっぱりダンジョンの街っていうのは、どこも似たようなものなのかな。でも、少し寂れているような印象を受けるのは気のせい？　心なしか、道行く人の表情も、寂しげに映る。

早速ダンジョンへと向かう。入り口でチェックしている兵士が、話しかけてきた。

「Bランクの方ですか。高ランクの冒険者は歓迎です。高ランクの方は隣の国へ行ってしまわれる方が多いものですから」

ああ、そうかもしれないな。隣国はダンジョンが多く、しかもほとんどが転移石付きだからね。ここも、アドロスと同じような、岩山に洞窟というありふれたタイプの地下型のダンジョンだが、向こうと違って入り口に店などは何もなかった。

その名残と思われる残骸は見てとれたが、どうりで寂れているはずだ。

感知系スキルを次々と展開する。レーダーMAPを展開し、身体強化を重ねがけした。バフの付与を行って、準備完了だ。

さてと、行きますか。思いっきり突っ走った。他の冒険者や魔物の位置を把握して、綺麗に駆け抜けていく。あっという間に「ボス部屋」へ到着した。

そう。転移石のあるダンジョンにはボス部屋があり、そこでボスを倒さないと次の階層に行けない。一度に1パーティしか入れない制約がある。2つのパーティで行ってもいいけど、実入りが減っちゃうからな。

ここの1階のボスは、ゴブリン系だった。さっさと魔導ライフルの餌食にして、開いた扉を抜けると転移石があった。

解析すると、仕組みが何となく分かった。転移の空間魔法が付与されている。転移石は収納できなかった。システムとしてダンジョンに組み込まれているので、外すことができないようだ。ここへ魔力を流すと（もちろん見取りスキルを発動しながら）……1階の転移石のある部屋に出た。ここは、行きには見あたらなかった場所だ。転移石を使わないと、たどり着けないようだ。

確認すると、きちんと転移ＬＶ１が身についていた。よかった。これで、魔法と魔道具の２通りの転移術が手に入った。くそ。やはり、これも日本に帰ることは無理のようだ。きっと、何か方法があるはずだ。安易に諦めることはしたくない。無駄と思いつつ、ＬＶ上げはしておこう。

そのまま歩を進めると、転移石の部屋から外に出ていた。外から見ると窪みのようになっている部分に行くと、すっとさっきの転移石の部屋に入った。ここは、さっきの窪みと何らかの形で繋がっているようだ。窪み自体が、既に空間魔法の領域なのだろうか。

そして転移石に触れて２階入り口を思い浮かべると、２階へ転移できていた。覚え立ての転移魔法を使ってみると、ダンジョンの外に出ることもできた。

アドロスの転移石のないダンジョンでも使えるかもしれないな。ダンジョンの管理人に挨拶して、人目につかない所から王都の近くのダンジョン、アドロスへ転移。無事に成功！　取りあえず10階へ転移した。さらに、今まで行った最深部の15階へ転移し、そこから地上へ転移。こいつは楽だな。重宝しそうだ。

まだ昼飯を食ってなかったのを思い出し、街中へ移動する。

のんびりと店を物色していると、何となく聞き覚えのある子供の声が耳に入った。

「お願いです。お母さんが死んじゃう」

「うるせえ！」

見ると、この間のダンジョンで保護した子供だ。

「おい、エリ、どうした？」

「あ、お兄さん……」

力のない声で答え、下を向いてしまう。俯いていたが、意を決したように訴える。

「お願い、お金貸して。薬を買って帰らないと、お母さんが死んじゃう」

流れでそのままエリの家に行くことになった。この街は冒険者向けで、その他の住人の家は貧民街のような感じだ。門前払い組だけでなく、王都で食い詰めた人も流れて来るのかもしれない。そんな一角にあるのが、エリの家だった。母親と7才の弟、4歳の妹と一緒に住んでいる。弟はポール、妹はマリーというらしい。見知らぬ人が来たので、2人とも抱き合って、警戒しているようだ。

俺は腰を落として、2人に笑顔で御菓子を差し出した。ちょっと遠慮しつつ、お姉ちゃんの顔色を伺いながら受け取ってくれた。

俺が母親を診てくれると知って、話しかけてきた。

「お母ちゃん、助かる？」

「たすかるー？」

何て可愛いんだ。

「分からないな、診てみないと」

そう言って、2人の頭を撫でた。

父親は冒険者だったが、死んでしまったそうだ。エリは今10歳。あれ以来、ダンジョンには怖くて入れないようだ。まあ無理もない話だが。

前から具合の悪かった母親の具合が、かなり悪化したらしい。今朝はすごく血を吐いたようだ。胃か肺か？　よく分からんな。真っ青な顔で、マジで死にそうな感じがする。

鑑定　栄養不良（大）　内臓疾患（大）　血液病（大）

鑑定しても、よく分からん。咳はしてないから、結核とかではなさそうだ。まあ、とにかく分かるところからやってみるか。死ぬなよ、おっかさん。

ヒール。少し顔に赤みが差す。もう2回重ねがけをして、キュアーとクリヤブラッドをかける。変わらん。もう2回ずつ試す。顔色はだいぶよくなった。
いきなり栄養剤はマズイよな。インベントリから、全員分のスープを出した。あと、柔らかいさつまいも入りスティックパンを出すと、チビたちが夢中で食べ始めた。プリンに大喜びしていたので、子供たちにお代わりを出しておく。

鑑定　栄養不良（中）　内臓疾患（大）　血液病（大）

状況が少しよくなった。血液病は何だろうな。血を綺麗にしたくらいじゃ、血液病自体は治らんわけか。毒物ではない？　蓄積しているかもしれないので、様子見か。すぐに死にそうな感じではなくなったので、ハイキュアーとハイクリヤブラッドをかけて、回復を続けてみる。

鑑定　栄養不良（中）　内臓疾患（中）　血液病（中）

おお。少しよくなったな。怪我や毒は簡単だが、病気はどうも難しいな。一時的なもので、また悪化するかもしれないが、毎日治療を続けてみるか。

取りあえず栄養ドリンクを飲ませて、しばらく様子をみること、栄養をつける必要があること、毎日治療をする予定なこと、都合で来られない日があるかもしれないこと、お金は気にしなくていいことなどを伝えておいた。

「ありがとうございます。本当にありがとう」

エリの母親のリサさんは、涙を浮かべて礼を言ってくれた。病気がちだった、お袋を思い出す。

取りあえずの食料として、パン、野菜、果物、街で売っているスープの素などを置いていく。栄養ドリンクは1日1本までと注意して、少しお金も渡しておいた。

布団や毛布を出して、浄化の魔法で部屋をスッキリさせた。夜にまた来ると言って家を出る。

街に戻って取りあえず宿を取った後、エリの家に持っていく物を街の商店で購入した。

早めにエリの家へ向かうと、借金取りが来ていた。マズイ。そういうのは具合が悪くなるんだ。うちの親父も、金の心配をしだしたら急にぽっくり逝っちまった。慌てて中へ入る。

「今日のところは帰ってください」

リサさんが頼み込んでいた。

「おかあちゃんをいじめるな」

おお、ポール。男の子だな！　おっさんはずかずかと近づいて、薄ら笑いを浮かべていた男の襟首を掴んで、ぐいぐいと引きずって外へ引きずり出した。喚き散らすのも構わずに、近くの広場に放り出す。そして、キメラの死体を隣に陳列した。

男から情けない悲鳴が上がる。

「あの一家に手を出すな。俺の患者だ」

「何だと」

男は、震える声を搾り出す。

「お前のおかげで、せっかくよくなりかけた俺の患者の具合が悪くなったじゃないか。どう落とし前つけてくれるんだ？　ちなみに、そのキメラはエミリオ殿下にちょっかいをかけていたので、俺が一人でぶっ殺した。俺は王子の命の恩人だぜ？　王様と謁見もした。お前もその死体の隣に並ぶか？」

「だ、第3王子の？」

男の顔色が青い。第3王子エミリオは可愛いので、国民にも信者が多い。迂闊に悪口を言ったりすると、大変なのだ。

冒険者カードを見せて、さらにすごむ。Bランク以上は、かなりドハデになるので、一目で分かる。

「おれはBランクの冒険者。男爵相当だ。仕官して申請すれば名誉爵位が貰えるそうだ。どっちかっていうと、患者を治すより、悪党をぶっ殺す方が性に合っているんだがな。全長15mのAランク魔物キメラの首を一撃で落とす、血塗れ男爵と一戦交えるか？」

男は、さらに蒼白になった。

俺は、虚空からオリハルコン刀を抜き出し、山吹色を空に煌めかせた。これを王都でやると、衛兵や騎士団がすっとんでくるらしいが、ここでは問題ない。

こいつも、俺が取り出した物の正体を理解できたようだ。

「正直言って、お前らなんかじゃ物足りん。こないだも盗賊団を40人ばかり皆殺しにしてやったが、10分かからんかったな。俺に喧嘩を売りたかったら、ドラゴンの100匹くらい連れてこい。あ、来月Aランク試験があるんで、その後にしてな。もう、あの親子に手を出すな。命あっての物だねって言葉知っているか？　そこのいたいけなキメラちゃんは知らなかったらしいが。分かったら行け」

男は慌てて走っていった。男には一応、レーダーマーカーを付けておいた。これは便利な機能だ。魔法の刻印をすることにより、MAP上で居場所を確認できる。初めて使ってみた。

エリの家に戻ると、ちょっと、おっかさんの顔色が悪い。沈んだ空気が立ち込めている。

「さっきの男、ちょっと脅しておいた。しばらくは来ないと思う」

俺は、努めてニコニコして言った。

鑑定　栄養不良（小）　内臓疾患（中）　血液病（中）

おや、悪くはなってないようだ。栄養ドリンクはすごいな。あれ1本で栄養不良（中）が、栄養不良（小）になった。もうちょっと治療をしてみるか。

ハイヒールに加えて、ハイキュアとハイクリヤブラッドを重ねがけ。

鑑定　栄養不良（小）　内臓疾患（小）　血液病（小）

おお。よくなってきている。後は明日にするか。

「じゃあ、養生してな。さっきのヤツらの心配はもうしなくていい」

「ありがとう、お兄さん」

「ありがとー」

「ありがと。さよなら」

見送る子供たちに手を振り、俺は踵《きびす》を返す。男に付けたマーカーを地図で確認し、一番近くの転移可能なポントに転移した。そこから気配を消してインビジブルをかけ、男の居場所にこそっと忍び込む。

「馬鹿野郎。それでおめおめ帰ってきたのか。愚図め」

「しかし、あいつはヤバいです……」

「うるせえ。今度何人かつけてやる。来週までに何とかしろ！」

しつこいな。あきらめてねーのかよ。今この場でとも思ったが、嫌な感じが拭えない。第六感が働いているようだ。写真に収めて、ここは撤退する。

◆◇◆◇◆

異世界26日目。

エリの家へ行き、朝から治療をする。今日は、治療と用心棒で1日居座ってみよう。借金とあいつらに関する話も聞きたい。Aランク試験は駄目でもいいや。4カ月ごとにやる、お祭りらしいし。

朝飯として、携帯食バーやシリアル、フルーツ、各種サプリ、栄養ドリンクを摂らせたら、栄養不良は消えてなくなった。

続けて治療を行うと、取りあえずの状態異常は消えたが、本当に治ったのかは疑問だ。元の病名が分からない上に、根本的な原因を除去できたのかどうかも定かではない。まあ、いきなり死ぬような事態ではなくなったはずだ。

エリは大喜びしていたが、母親のリサさんにはそう伝えて、養生するように言った。

「なにぶん、私は回復魔法持ちの商人なのであって、医者ではありませんので」

少し畏《かしこ》まって言う。しっかり聞いてもらいたいからな。

「それでも具合はよくなったのですから、本当にありがとうございました」

「エリ。もしまた具合悪いようだったら、まだこの界隈にいるから呼んでくれ。いないようだったら、王都のギルドに言付けておいてくれれば……」

「あたし、王都なんて行けないよ。入れてくれないだろうし」

「そうか。じゃあ、ここのギルドに言ってくれれば、王都に伝言が届くようにしてもらっておくか。王都とは頻繁にやり取りがあるだろうしな」

「分かった。ありがとう」

エリは嬉しそうに礼を言った。

「で、昨日来ていた、あいつらって何者だい？」

「あの人たちは……裏家業の人で、お金に困ってどうしようもない人に物すごい金利で貸し付

ける の。返せなかったり、金利を払えなかったりすると、女の人を無理やり連れていって、お店に売ったり、家を取り上げたりして、やりたい放題。国のお役人さんは知らん顔だし」

はいギルティ。決めた。潰す。俺は、日本にいた頃には考えられないようなことをやろうとしている。若くなった肉体、圧倒的な力、異世界の環境は、俺を少し変えたようだ。日本に帰れない苛立ちも手伝っているのかもしれない。

「で、借金額は？」

「最初は……銀貨1枚です。それからどんどん増えて、今では金利だけで月銀貨5枚も」

「最初に借金したのは？」

「1年半前にお父さんが死んでから」

目に涙を浮かべて答えた。

取りあえず、ヤツらは殺しておこうかな……。はっ、いかん。考えが完全に異世界寄りになっている。最初の数日が殺し合いの日々だったせいかもしれない。しっかりするんだ、文明人。取りあえず「組」を潰しておけば、借金はチャラかな。やり方については、ギルマスに相談してみよう。

「ちょっと人に相談してくるから！」

「ギルマス～」

俺は、王都にある冒険者ギルドのギルマス執務室に転移した。便利だな、この転移魔法。

「……今、どうやって、ここに入ってきた？」

「転移魔法で」

ギルマスは頭を抱えた。

「いや、もう何も言うまい。いいか。それを絶対に人前で使うんじゃねーぞ？」

「だから人目を忍んでここに来たんじゃないか」

机の上に両肘をつき、突っ伏すように頭を抱えるおっさんがいた。いや、俺の方がもっとおっさんなんだけどね。

「アドロスで街の人を泣かしてるクズたちがいるんだけど、潰しても問題ないかな？」

「どういう頭の構造をしていたら、問題にならないと思うんだ？　あいつらは王都の貴族と繋がっている。手を出すな」

「そうか、貴族か。爵位でいうと、どの辺の貴族？」

それで第六感が警告していたのか。

「まあ、せいぜい男爵か子爵だろ。伯爵以上はいろいろあるからな。資産規模からメリットとデメリットを考えて、そうやたらなことはせんだろ。少なくとも、この国ではな。王家がそこまでの腐敗は許さんよ。稀人の教えだそうだ。中央の文官貴族で、領地持ちでないから実入りも少ないのに、分不相応な贅沢な暮らしを好む連中もいる。そういう手合いが、ああいう街に目を付けて悪さをする。王もそこまで構っちゃいられないさ。雑魚だからな」

「じゃあ、バレたら？」

「まあ、問題になるほどじゃなければシカトだな」

「じゃあ、問題に『してやった』場合は？」

「お前……。言っておくが、たかがBランク、いやAランクでも冒険者が貴族に楯突いたらどうなるか。でも、何故お前はそうまでしたがる？」

「そんなの、俺が稀人だからに決まってるだろ！」

かなりの間、沈黙が支配した。

「あれ、どったの？」

「お、お、お、お前」

「え？　やだなあ。隠したってバレバレよ？　あんただって、そうなんだろう？」

「いや？　いやいや、何でそう思う」

「あんたはチート過ぎる。この世界の人間に見えない。転生者かなんかだろう？　転生者のくせに、黒髪黒目で結構チートな俺が、何故稀人でないと思った？」

「俺は稀人の血を引いている。先祖が王家に連なる人間だった」

「なんだ、ただの子孫か。でも、悪を許さないのが、稀人様の教えだろ？　俺様は現役バリバリ稀人だぜ！　だから、大和魂に則って悪を討つことに決めた」

他にすることもないしね。だいぶ、この世界に順応してきたようだ。

「大和魂って何だ？」

「子孫のお前が、とっくに忘れちまったものだ」

ふうっと息を吐いて、ギルマスは組んだ両手の上に顎を乗せた。

「なるほど。まるで千年前の伝説を見るかのような発言だな。そうだ。稀人とはそういうヤツらだった。きっと俺の先祖も」

ギルマスは、少し考えてから言った。

「やるんならAランクになってからだ。そうすれば、お前ならSランクになれる。そこまでいけば、悪党とつるんでいるような雑魚貴族には手が出せんだろ。お前は王子を救った英雄だしな」

「ん？　暴れていいのか？」

「Sになってみせろ。話はそれからだ」

「Sになる条件は？　元Sランク様」

「国から認められるほどの功績を挙げるのが条件だ。戦争の英雄。ドラゴンスレイヤー。何がしかの国の危機を救った者、目に見えるほどの功績を王家に示した者などだな」

「あんたは?」

「ドラゴンとやりあって仕留めた」

「ドラゴンは、どこにいる」

「野良は知らん。ダンジョンの深層にはいるだろ。アドロスにもいるはずだ。ギルドの資料を見ろ。俺もパーティでやりあった。ただし、行く前に必ず俺に断ってから行け。試験するからな。これはギルマス命令だ」

「イエッサー」

おっと、忘れちゃいけない。

「で、頼みがあるんだが、知り合いの一家を護衛したい。腕利きを雇いたいんだ。金に転ばない、絶対信頼できるヤツを頼む。腕よりもそっちかな。心配するな、相手は街のゴロツキだ。キメラとやりあえなんて言わないさ」

「分かった。用意しよう」

「護衛の準備ができ次第、Aランク試験に向けて修行に入る。あ、護衛には女の人を必ず混ぜてくれ。あと、ドラゴンの資料はギルド職員に頼めないか? それと対ドラゴンの戦闘法をレクチャーしてくれ」

「分かった」

「頼りにしてまっせ。ドラゴンスレイヤー様」

「ふう。何て問題児だ。それにしても稀人か！」

しかも、年上のおっさんだし。どっちかというと問題爺。

「あー！　大事なことを忘れていたー」

「な、何だ」

「その護衛対象に、何かあったらアドロスの冒険者ギルドに言付けるよう言ってある。名前はエリだ。それがあんたのところに届くようにしてほしい」

「分かった。それもやっておこう」

「よろしく～」

◆◇◆◇◆

異世界27日目。

少し視点を変えることにした。どの道、この親子は金を稼がないと生きていけない。そのへんは知識チートで行くか。最近、スタンスを脳筋にステ振りし過ぎているからな。文明人なら文明人らしくしよう。異世界でネットという武器がありながら、全く使っていないのは、非常にまずい。

手っ取り早いのは、食い物の屋台だな。食い物なら、いろいろやってもそうは目立たない。取りあえず朝からエリの家へ上がり込んで一言。

「というわけで、食い物屋をやろう」

「アルお兄ちゃん、何が、というわけでなの？」

不思議そうに、エリが小首を傾げる。

「まあ、細かいことは気にすんな。それじゃあ、いろいろ試作するぞー」

「おー！」

チビたちが勇ましい。

ふふふ、見てろ。昨日ネットで厳選レシピのダウンロードに勤しんでおったのだ。

「じゃあ、まずはこれ」

取り出したのは、寝かせておいたドーナツ生地だ。めん棒で伸ばして適度な厚さにして、イメージ作成で作ったドーナツ型を取り出す。これが楽しいんだ。子供の頃、家族で作ったなあ。みんなでポンポンと型抜きしていく。油で揚げて、作ったら粉砂糖を塗《まぶ》してと。どこが厳選レシピなのやら……。しかし、子供たちにバカウケだ。

お次はポップコーン。使い捨てのアルミ鍋のセットでコーンを炒める。俺って、こんなものまで持ってきていたのな。ポンポンとはぜる音に、チビたちがビックリしていたが、食う時は夢中だ。

続いて、チュロス。上質のオリーブオイルを持ってきていて助かった！　シナモンっぽい物は王都で入手した。生地作りに苦労したが、形はアイテムボックス頼みだ。こちらも大人気だった。

そうこうするうちに、お昼の時間になった。焼きソバとラーメンをチョイスする。こっそりとビールを飲んだ。だって、焼きソバだし。

チビたちがお昼寝に入った～。

おやつ用のフライドポテトと唐揚げを準備しておく。あとポテトチップス。これも、薄く切るのはアイテムボックスの加工スキル任せにする。

芋もちとわらび餅にもチャレンジしたいな。きな粉はとっくに作成済みだ。

そういやレシピがあれば、プリンもできそうだな。屋台なら設備がいるか……。あ、それならクレープの方がいいな。いつかキッチンカーならぬ、キッチン馬車を作ってみても面白い。パンケーキにフレンチトーストもいいな。魔道具を作るなら、綿菓子やアイスクリームの製造器もありだ。一通り頑張って作ってみるか。

おっと、お好み焼きを忘れていたぜ。粉とか一式あるんだった。うどんって手もあるよな〜、自分で作ったことはないけど！

どんな客層を狙うのかも重要だ。王都なら女の子をターゲットにすればお洒落路線もあるが、ここは冒険者の街だ。むろん、ガッツリ系である。

そして、設備は汎用性の高いものがいい。となると、やはり鉄板系か。フランクフルト、焼きソバ、オムソバ、お好み焼き。ついでに、クレープなら中身次第ではガッツリにもなる。このあたりが、そこそこ回転が効く。

パンケーキも専門店があるほどのものだ。油系なら唐揚げ、フライドポテトにドーナツ、チュロス。余裕ができたら設備を拡張だな。このあたりが現実路線か。

売り子をさせるならチビたちにも計算を……しまった、自分の読み書きの勉強もあったんだ。

◆◇◆◇◆

翌朝、ギルドに顔出ししたら、ギルマスに呼ばれた。護衛の人間が用意できたようだ。

「会いたかったー。プリーン！」

お前らか。ああ、でも好都合だ。

「むう。匂ったか？　エリーン。ちなみに俺の名前はプリンじゃない。久しぶりだな。エド、デニス、ロイス。お前らが受けてくれるのか？」

「ええ。ギルマスから頼まれたのでね（本当はお目付け役なんだけど）」

「じゃあ、行こうか。こいつに乗っていくぞ」

ドンっと車を出す。

「な、何ですか、これは！」

驚いて、覗き込む一行。

「自動車だよ。さあ乗った、乗った」

ドアを全て全開にして、ポカンとする4人を押し込んでギルドを出る。でかいロイスが助手席だ。観音扉になっていて、リヤドアを閉めてからでないと、フロントドアを閉められない。それでも2ドアよりはマシだしな。その後ろ姿を見て、頭を抱えるギルマスの姿があった。

アドロスに着いて、そのまま街へ乗り入れる。ここには門だの塀だのはない。門番もいない。強いて言うなら、冒険者各自が門番を兼ねるといってもいい。

だから、地理的に王都辺りから流れてきた、あるいは王都へ入れなかった者、入ることすら諦めてしまった者もやってくる。当然溢れる貧民の食い扶持《ぶち》はない。その入り口からのメイン道路を、車で突き進んでいた。やがて裏通りに入り、エリの家へと向かう。

周りには、この街を牛耳る裏の連中もいたが、じっと見つめるばかりであった。車に乗っていたのは、見せ付ける意味合いもあった。派手な真黄色のボディは、貧民街ではさぞかし色鮮やかに映ったことだろう。

「ここだ。この家を中心にした、護衛計画を立ててほしい。お前らの拠点はどうする？」

「そうですね。この辺りは狭いですから、少し離れたとこになりますが宿屋をとります。トイレなどは家でお借りするとしましょう」

「取りあえず、食い物の屋台をやらせようと思う。この辺りにはない美味いのをな。どうせ、ちょっかいをかけてくる馬鹿がいる。見かけたら遠慮はいらないので潰してくれ」

「分かりました。あなたは？」

「俺はAランク試験の準備がある。その合間に、この子たちの商売の準備をしようと思うんだ。その間、きっちり護衛してほしい。それとエリーン、そんな切なそうな顔で俺を見るな。プリンくらい食わせてやるから！」

「ケーキやシュークリームもですよ～」

きらきらした目で言ってくる。

「言っておくが、美味いのはそれだけじゃないからな？」

エリーンが、人生最大の衝撃を受けたみたいな顔で、こちらを見て固まっている。

「ダンジョンでは料理禁止だから、殿下にも振舞えなかったんだよ」

「それ絶対全部食べますからね！」

決意を秘めた表情だ。

「おお。仕事は気張れよ。エリたちに作らせるから」

「襲い来る全てを殲滅いたしましょう！」

エリーンは気合充分だ。頼もしいぜ。

◆◇◆◇◆

「遅まきながら、Bランク昇格おめでとうございます。何ですか、試験で最後に放ったヤツは。死ぬかと思いましたよ。吹っ飛んでいた者もいたし」

エドから、お祝いの言葉がいただけた。

「あはははは。だって、あいつ手ごわかったんだよ。魔道鎧なんてありかよ。まあ、そいつもスキルとしてキッチリいただいたがな」

そう言うと、エドは目を丸くした。

異世界28日目。

取りあえず護衛の手はずは整えた。エドならきっちり仕事を回してくれるだろう。ダンジョンに入る前に、魔法のLVを上げておこう。キメラの時は閉口した。上級魔法なんて、いきなり実戦で使うもんじゃない。まずは中級上げからかな。高LVの中級攻撃魔法なら、あんなに開けた戦場を探せなくても、今の俺ならキメラくらいあっさり倒せるだろう。

幸い、演習場は見繕ってある。フライで北へ行く途中、ゴツゴツした岩が延々と広がる荒地を見つけたのだ。あそこなら迷惑もかからない。

使い勝手のいい、威力の高い魔法として、まずは中級魔法の上限を上げておく。もう単にぶっ放すだけなので、いろんな撃ち方や、威力のコントロールを練習した。日が暮れる頃には、全ての中級魔法が上限のLV10に到達した。

ここでいうLVとは、単に通常考えられる魔力で何ができるかの目安みたいなものなので、真の威力は込められる魔力で決まるといっても過言ではない。ただ、LVが高い方が、当然威力は高まる。

あとは、キメラの首を落とすのにエライ難儀したので、切断系の魔法が欲しいところだ。高ランクの魔物相手に接近戦はあまりやりたくないので、魔道鎧も完全に習得したい。

いろいろ考えて、オリハルコン魔法剣の10倍サイズの作成に挑戦した。でも、これを作ったらたぶん……予想通り〝MP不足〟だ。作成には200兆MPが必要らしい。とんでもない代物だな。その代わり、MPレベルがLV10に到達した。2京2250兆強という凶暴なMPだ。

ちなみに、俺のMPは、PCスキルが確保する、魔素を取り込むための領域である。この世界の魔力量とは、根本から異なる。決まった数式に基づいて、必要になった時に領域の確保量を数字で拡大しているだけなのだ。不足したら、領域を広げる。

MPレベルが上がったところで、オリハルコン魔法剣の10倍サイズの作成に再チャレンジ。刃渡り10m、全長13mの巨大なオリハルコン魔法剣ができ上がった。持ち手の付け根には、巨大な魔石がキラキラと輝いている。値段なんて付けられない。ダンジョンの中以外は封印だな。

作成した魔法剣にフライを付与して、空中でコントロールしてみる。1本なら自由自在に飛ばせるが、複数となるとなかなかコントロールが難しい。ただ、剣を空中に浮かべて、一斉にどこかへぶち込むだけならOKだった。コントローラーを振って遊ぶゲームの要領だ。いろいろなタイプのコントローラーを作ってみたが、結局、〝魔法の杖〟型が使い勝手がいいようだ。振り回しながら細かく杖を操作し、振り下ろす。キメラ戦をイメージしながら、イメージトレーニング。頑張れば二刀流もいけるかも。ちょっと楽しく遊んでみた。

これらに強化魔法を付与したら、身体強化とHPのLVが11に上がり、400万HPとなった。

時間も遅くなったので、切り上げて、エリの家へ行ってみる。夕飯の時間だ。今日は、この前できなかったから、カレーに挑戦するか。取りあえず鳥の胸肉を使って、チキンカレーにしてみる。下ごしらえはできている。水の量を若干大目にして、中辛だが少し甘めに仕上げた。

カレーの匂いがすると、子供たちがわくわくしだした。辛くて食べられなかったら、どうするかな。レトルトやルーは、中辛と辛口しかないんだよなあ。

恐る恐る出してみたが、パクッと食べてエリが一言。

「美味しい～」

ポールやマリーは少し辛そうだったけど、美味しく食べられたようだ。エリーンもバクバク食って、遠慮なくお代わり3杯目にいきやがった。いつかコイツには、目から火が出る超激辛カレーを食わせてやろう。それでも、お代わりしそうな気はするんだが。

デザートは満場一致でプリンだ。エリーンは、当然のように3個食っていた。

食事が終わると、俺は宿に帰って眠りについた。

◆◇◆◇◆

異世界29日目。

今日は上級魔法の訓練だ。ＭＰに不自由はないし、ど派手にいくぜ！　やりたい放題にガンガンと撃ちまくった。

みんなのご飯は、エリに預けてある。アイテムボックスの腕輪を作って、貸与しておいたのだ。この特製の腕輪は貴重なものなので、絶対に人には見せないようにと注意しておいた。エリは頭のいい子だから大丈夫だろう。その他、「エリーンにはプリンを4個以上与えないように」と言っておいた。そのへんも含めて、エリはきっちりできる子なのだ。

エリーンは24時間密着の護衛体制で、エリの家に泊まり込んでいる。いわゆる女性ＳＰだ。あれで、なかなか冒険者としては優秀なのだ。エドからも弓士としての腕前は買われているし、感知探索も一人前にこなす。それなりに近接もこなせる。エドのパーティでは、一番オールマイティに活躍できる人材だ。しかも、女性や子供の相手が無理なくできるので、今回の任務にはピッタリといえる。食い意地が張るのを除いては……。

今回の屋台の件では、エリーンの食い意地がいい方向に出るかもしれない。この仕事が終わったら、褒美をやろうかな。まだ外国産の高級アイスとベルギーチョコは、与えていないのだ！

夕方、転移魔法で冒険者ギルドに顔を出した。ポーションのご用命と上級回復魔法について聞こうと思ったのだが、のっけからギルマスに呼びつけられた。嫌な予感がする。

「なあ。今日、王宮から問い合わせがあってな。北の方面から、かなり強烈な魔法が多数、それはもう多数検知されたが、何か情報はないかと」

ちょっと冷や汗が。えー……。

「やっぱり、お前か」

特に何も言っていないんだけど。

「以前教わった上級魔法のレベルをLV1から10まで上げた。それはもう、丸1日撃ちっぱなしだった。それが何か？」

「あれ。怒んないの？」

「そうだったか……」

「怒りはしないが、今から一緒に王宮に行って、言い訳してもらおうか」

「えーー」

「やかましい。ものには限度ってもんがある」

「その前に、ちょっと付き合ってくんない？」

「どこへだ？」

「ここへさ」

一瞬にして、演習場へ転移した。

「こ、これは！」

広大な面積が完全にガラス化して、なおかつクレーターだらけになっている。

「ちょっと目眩《めまい》がしてきた……。見せたかったものはこれか？」

「いーや」

沈黙がその場を支配した。

そして、必殺の超オリハルコン剣乱舞を披露した。巨大な剣は２００本まで増やしていた。

無造作に振り回すだけなら、この本数でも対応できる。

「いやあ。キメラの首を切るのに苦労したものだから……これならドラゴンでもいけそうじゃね？　ドラゴンスレイヤーの意見が聞きたくてさ」

「おまえ……いや、もう何も言うまい。とはいえ、それは絶対に人前で見せるな。何を考えているんだ」

「やっぱりか。ところで、このガラスの大地はどうしようか？」

「知るか！」

「で、王宮へ行く？」

そのまま王宮に転移したが、遅い時刻だったため、特別に王族のゾーンに通されてしまった。

「アル！」

おー、エミリオ殿下だ。俺のことをアルと親しげに呼んでくれた。嬉しいものである。

「お久しぶりです、エミリオ殿下」

にっこりと挨拶する。ああ、地獄に仏だなあ。国王陛下もほっこりしている。

「それで、アーモンよ。例の魔法騒ぎは、こやつの仕業であったか？」

「申し訳ないです。私の不徳といたすところで」

ギルマスが、粛々と頭を下げる。うっ。

「まあよい。怪しげな何かでなくて、よかった」

「あー、その件につきましては、そのエミリオ殿下の一件で、たかがキメラ風情に苦戦してしまいましたので、修行をと思いまして。本日頑張りましたので、次にヤツを見かけましたら、イチコロですわ」

「「……」」

あ、口の利き方がまずかったかな。

「まあ、よい。魔物でも敵でもなかったのだから」

「もっと、タチが悪かったですけどね」

酷いこと言うなあ。

その後は、エミリオ殿下といろいろお話をして、結局王宮に泊まることになった。

◆◇◆◇◆

異世界30日目。

今日は、王宮でのんびりした。猫がいたら欠伸しそうなほどの、まったりムードだ。エミリオ殿下やルーバ爺さんと一緒に、中庭でいろいろな食べ物を作ってみたりして楽しく遊んだ。今日はドーナツやアイス、チョコを召し上がっていただいた。毒見係も超幸せそうだ。

何故か、王妃様や王女様もいらした。うーん、美女、美少女揃いだ！　王宮は美女で埋め尽くされていてすごいけど、やはり王族は別格なんだな。しかも、性格もいいときている。日本人の血を引いているせいなのだろうか。

護衛の近衛兵でさえ暖かく見守っているところを見ると、エミリオ殿下はみんなに愛されているようだ。

実にのんびりした、いい日だった。きっと、自分の日頃の心がけがいいからに違いない。

◆◇◆◇◆

異世界31日目。

さて、例の懸案を片付けねばなるまい。

魔道鎧。これは、ちょっと難物だ。まずは、金属鎧を購入し、これを鍛造オリハルコンに材料置換して、強化を重ねがけする。隙間には、衝撃吸収素材をイメージした魔法を詰め込んだ。身体強化も最大に重ねがけしておき、バリアもガツンと張っておく。

準備ができたので、転移魔法で演習場に移動する。

ふうと息を吐いて、「魔道鎧」を発動した。

？？？？？？？？？

何が起きたのか、よく分からない。気が付いたら数キロ先に吹き飛んで気絶していた。オリハルコンの鎧も粉々だ。

何が起きたのか、全く理解できなかった。怪我一つないのは、ＨＰがＬＶ11、４００万ＨＰのステータスのおかげだろう。こんなに丈夫だったのか！　と感心することしきり。

やはり、オリハルコンを手にいれておいてよかったぜ。なかったら、ダメージを全て体で受けるところだった。武器屋の親父、ありがとう。

魔道鎧について、ギルマスに聞きに言ったら呆れられた。

「確かに決勝の相手は使っていたが、一朝一夕で使いこなせるような技ではない。あの一族だからこそ、何とかなっているのだ。よく命があったな」

「えー……」

「とにかく、魔力コントロールの修行からだ。毎日魔力の修練はやっているか？」

「1刻くらいかな」

「うむ。魔法があの威力だからな。だが、魔道鎧の制御には足りないだろう。ピッタリの教師を付けてやろう。レッグ、アンドレを呼んでくれ」

サブマスが仕事を言い付けられている。

「それ、誰？」

「会えば分かるさ」

やがて、アンドレさんがサブマスに連れてこられた。あまり、がっしりした体格ではないが、身のこなしは上級の冒険者のそれであった。ここの職員で、元Bランクの冒険者だそうだ。そういえば、予選の試験官として見かけたような気がする。

アンドレさんは、誰かに似ているなあ。一体誰だ？

「ははは。似ているかい？　私はアントニオの兄ですよ」

「アントニオ?」

「お前は、Bランク試験の決勝で戦った相手の名前も覚えておらんのか。泣くぞ、あいつ」

「ああ、ああ、ああ!　どうりで」

呆れ顔のギルマスがぼやく。人の顔や名前を覚えるのは昔から苦手なのだ。

「悪いが、この馬鹿をちょっと鍛えてやってくれ。こいつはSランクまで持っていく」

「へえ~。ギルマス、すごい入れ込みようですね」

感心するアンドレさん。滅多にないことなのか。

「すまん、訳ありだ」

「しかし、我がオルストン家の魔道鎧を、一度見ただけでモノにしてしまうとは!」

「モノにできてないから、頼んでいるんだ。こいつのことは、アンドレ、お前に任せたぜ」

それからの1週間というもの、ギルドの修練場で、精密な魔力制御ばかりを徹底的に叩き込まれた。これによって、普通の魔法も1・5~2倍の威力となり、狭いダンジョンの中での戦闘でも、高威力の魔法を無難にこなせる技術が身についた。アンドレさんも絶賛だ。しかし、それでもまだ魔道鎧を制御するには至っていない。


しばらくして、模擬戦をやることになった。呼ばれた相手は、なんとアントニオだ。ヤツは顔を真っ赤にして怒っている。

「兄さん、何を考えているんだ？　こいつのおかげで我がオルストン家は赤っ恥だ！」

「まあまあ。でもお前は勝ちを確信し、驕り、敗れた」

「ぐっ！」

「きっと、お前にとっても実のある訓練になるさ。全てのライバルを教師とせよ。そんな家訓もあったろう？」

「分かりました。おい！　1回勝ったくらいで、いい気になるなよ？　しかも、あんな勝ち方で」

「でも、勝ちは勝ちだぜ？」

俺は、Bランクカードを目の前でひらひらさせた。

アントニオの顔は真っ赤だ。

「この野郎。今すぐ勝負だ！」

だが、意外と俺は奮戦した。魔道鎧とは違うが、上達した魔法制御を利用して、魔法防御や超魔力を込めたシールドなどで弾き、往《い》なした。こんなにできるとは思っていなかったので、この1週間での成長を実感せざるを得ない。アンドレさんは、本当に素晴らしい教師だ。オルストン家というものにすごく興味が湧いた。

そして、ヤツの魔道鎧を何度も間近に見て、ごく自然に見取っていたようだ。1週間後には、いつの間にか、ごく自然に魔道鎧をまとっていた。

アンドレさんは絶賛してくれたし、ギルマスからもドラゴン退治の許可をもらった。ドラゴンの倒し方についても、ギルマスからレクチャーを受けた。

「ブレスを吐かせるな。動きを止めて首を落とせ」

首狩りなら任せてくれ。いい剣もできたことだし。

6章　おっさん、Sランク冒険者になる

異世界45日目。

Aランク試験まで、あと7日。俺たちは今、迷宮都市アドロスに来ている。情報をかき集めたところ、どうやらここのダンジョンの最下層にドラゴンがいるようで、そいつを退治しようというわけだ。

今回のダンジョンアタックには、アントニオも同行している。

「それならアントニオも一緒に行っておいでよ」

アンドレさんの一言で決まった。もちろん反対する理由などない。魔道鎧なんていう反則技を使える肉壁だ。使い倒すに決まっている。アントニオも、アニキには頭が上がらないようだ。

「じゃあ、今からドラゴン退治といくけど、準備はいいかな？」

「できてなくても行くんだろ」

怒ったように言う。

「まあ、おまえなら死なないと思うし、じゃあ行くぞ」

既に行ったことのある階までは、さくっと転移魔法で移動する。実は、時間のある時に修行

の傍ら、こつこつと下の階へと進めてきていたのだ。

本日は45階からの攻略だ。魔法や兵器で無双して進んでいくと、かなりの量の素材が集まった。ボスのいるゾーンには、ヤツがいた。キメラだ。獣じみた唸り声を上げている。

以前キメラを倒したが、その後、ダンジョンでポップアップしたのか。この階層からは、Aランクがボスなんだな。

キメラは、いきなりブレスを吐いてきた。しかし、アイテムボックスの中にスーッと吸収する。ヤツは驚いた顔で唸ったが、すぐに物理攻撃の態勢になっていた。俺を押さえつけて、毒尻尾の餌食にしようという魂胆か。だが、そうはいかん。

「魔道鎧」発動。カウンターでぶん殴ると、ヤツは猛スピードのトラック相手に事故った乗用車のように吹き飛んだ。次の瞬間、すかさずヤツの顔の横に立ち、起き上がりかけた頭に渾身のキックをお見舞いした。頭が砕けて、Aランクの魔物は息絶えた。

うん。強くなったな、俺。もう、こいつから逃げ回る必要はない。かつてEランク魔物のグリオンに苦戦した自分は、既に過去の人物だ。

「やるじゃないか。もうすっかり魔道鎧を使いこなしているな。発動までのスピードが半端じゃない」

「ああ。威力の上がったサンダーレインで雪辱を果たしたかったんだが」

「また来ればいいさ」

雑魚を戦闘ユニットで掃討し、46階のボスと対峙する。ここのボスは、９つの首を持つヒュドラだ。確か再生能力が強いんだったな。再生持ちじゃなかったら、こいつから再生を見取れただろうか？　試しに新しく覚えた中級魔法、ウインドブレードで首を切り落としてみる。ニュルンッ。うわ、気色悪い。つるんって感じで生えてきた。見て分かったが、再生のスキルではなく、単に再生力が強いだけのようだ。最初に再生スキルを手に入れておいてよかった。

「おい、遊んでいるなよ」

「じゃ、お前がやれよ」

アントニオは返事をするまでもなく、魔道鎧を纏うと、全ての首を切り落として、再生の暇も与えずに巨大な体躯を両断していた。お持ち帰りは俺の仕事だ。

魔道鎧は防御や攻撃もすごいが、一番のメリットはあのスピードだろう。さらに、ファストの重ねがけもできるんだから始末に負えない。まるで高速サイボーグだ。そのため、発動までのスピードが大事だ。俺は昔のアニメをイメージして、奥歯をカチンと鳴らすことで魔道鎧を瞬時に纏っている。魔法はイメージ。魔法を使うスキルである魔道鎧も例外ではない。

47階にやって来た。ボスは、石化蜥蜴のバジリスクだ！　雑魚を打ち払い、ボスの所へ行く。

「いかん。ヤツの目を見るな。鎧を！」

おっさんは出遅れてしまった。なんと、足の先から石化が始まってしまった！　どんくさー！

「おい、何やっているんだ。早くポーションを」

そう言うなり、アントニオはバジリスクの首を落とした。おっさんは慌てて、ナースポッドを出す。自動判定でキャンセルポーション（特級）が振りかけられ、石化が解けていく。

やれやれ助かった。この特級ポーションは、まだギルマスにも見せていない。どうせ人に見せるな、と言われるのがオチだ。アントニオの野郎が、どこかで石化でも食らったら助けて、恩の押し売りでもしてやろうと思っていたのに……。どうしてこうなった。

「間抜けめ。魔道鎧を発動すれば石化は防げる」

マジかよ。先に言っておいてほしかった。

48階のボスはフェンリル、電光の白銀狼だ。接敵して、間髪入れずに魔道鎧を纏う。そして、俺たちは左右に散開した。巨大な狼の一撃が、さっきまでいた場所に炸裂する。ダンジョンの壁だから被害はほとんどないが、生身の人間がいたら粉々だっただろう。

というわけで、〝ＭＩＲＶ《マーヴ》〟を使用する。多弾頭搭載の弾道弾をイメージした、俺のオリジナル魔法だ。こいつは魔法を運ぶもので、弾頭には好きな魔法を搭載できる。1発につき24の大型魔法を搭載でき、レーダーＭＡＰ連動で敵に着弾する。

本来なら、広い場所で大型の魔物か軍勢にでも食らわすための魔法だ。フェンリルは、すばしっこくて強力な魔物ということで、ＭＩＲＶを選択した。

魔法なので、本来の弾道弾と違う使い方ができるのも特徴だ。ＭＩＲＶを水平に発射すると、瞬時に飛んで避けたが、次の瞬間にヤツは驚愕する。魔法が弾けて、四方八方から魔法が飛んできたのだ。驚異的なスピードを誇るフェンリルも、逃げる空間がなかった。迎撃も不可能。それでも前足の一撃で払おうとして、近接信管が作動した。猛烈な花火が、洞窟内を目も眩む炎に染め上げた。

そして、全ての弾頭が命中し、24発の強烈フレアが炸裂した。まるで、地上に太陽が煌いたかの如くに。ちょっとエライことになってしまった。

「おいっ！　こんな狭いところで、何てことをしやがる」

「ちゃんと超強力なハイシールドをドーム状に張っていただろ?」

「フェンリルの高価な毛皮が……」

アイテムボックスの〝解体〟を使用し、ボロボロの毛皮にも再生をかけた。普通の魔物なら跡形もないが、やはりAランクは化け物だ。

「ほらよ。山分けだ」

アントニオの目の前に、白銀の超高価な毛皮を放り出す。

一瞬、目を剥いたが、肩を竦《すく》めて歩き出した。こいつの、こういう細かいことを気にしないところは、個人的に気に入っている。

49階に進んだが、ここはボスが見当たらない。いないはずは、ないんだがな。

「おい、油断するなよ」

俺はアントニオに声をかけた。嫌な感触だ。2人とも既に魔道鎧を装着済みだった。何かヤバい……感じる。いるな。じわりと汗が垂れる感覚に、精神を研ぎ澄ます。

「上だ！」

俺が叫んだ。問答無用で〝上〟と感じたのだ。でかいヤツが降りかかってくる。瞬時にアントニオを掴んで転移した。

ボス部屋っぽいゾーンの入り口から見る。何だ、あれ？

鑑定すると、ヒュージスライムらしい。文字通り、でっかいスライムだ。特殊なタイプか？

ただのでかいスライムはビッグスライムなので、それとは別の種類というわけか。俺なら、風呂敷スライムと名付けるな。

しかし、レーダーMAPに映らないのは何故だ？

「あれは、別名シーフ殺し。感知魔法を誤魔化す能力があるらしい。さっきは助かったぞ」

マジですか〜〜。そんな魔物がいるなんて、俺の安全が大きく脅かされた瞬間だ。

「そう心配そうな顔をするな。こいつは滅多に見かけることはない。それに、そんな魔物はこいつくらいだろう。外で見かけることなど、ほぼない」

ほぼ……ねえ。

「こいつがやっかいなのは、覆われると魔力を食われちまうことだ。俺たち魔道鎧持ちの天敵だな。鎧ごと食われるぞ。魔法も通さないから、魔法使いの天敵でもある」

仏頂面の俺を、アントニオは面白そうに見物している。

「倒すには魔法以外の火で焼くしかないが、何か手はあるか？」

「ああ。お前はあっちの方へ下がっていろ。とっとと焼いちまおう。魔道鎧は着たままでいてくれ。息が苦しくなったら、距離をとれ。風魔法で空気を呼ぶのもいい」

全く手のかかる魔物だ。俺はガソリンのインベントリから、10ｍ四方もあるヤツの体の上にシャワーのように撒き散らした。それはもう、たっぷりと。そして点火。火種インベントリから、ポイっと火種を落とす。

大きめの点火音とともに、激しい炎が燃え盛った。ヤツの巨体は伸び上がり、縮み、また伸びて焼き上がっていった。俺は巻き添えを食わないように入り口から見守り、状況によっては燃料の追加を準備していたが、その必要はなかったようだ。

さらに、レーダーＭＡＰにヒュージスライムが映るようになった。ガソリンに焼かれている間も、スキルを発して逃げようとしていたようだ。見取りが「ディスサーチ」を覚えていた。あれは魔法スキルだったのか。こりゃ、いいものが手に入った。ちゃんと監視していてよかった。見取りを行うには、魔法の発動の仕組みを解析する必要があるため、しっかりと見極めないと魔法や魔法スキルを手に入れられない。

まだ燃えていたが、魔物はほぼ燃え尽きた。燃えている部分は、アイテムボックスに全部収納して、先へ進んだ。いよいよラスボスだ。

むう。他の魔物の気配がないな。そして、レーダーMAPにはありえないものが映っていた。

今、俺たちはそれを観覧していた。目の前に聳《そび》える小山のような3頭のドラゴンを……。

「ご一家でいらっしゃったとはな」

「言うことはそれだけか?」

やけに冷静なアントニオが突っ込む。

「獲物が3匹に増えた。こいつは、獲ったもん勝ちだぜ」

「お前な……」

呆れたようにヤツが答える。

「1匹は任せたぞ。お前もオルストン家の一族なら、頑張れ~。骨は拾ってやる」

「軽く言ってくれる」

「次のBランク試験、そしてAランク試験まで受けるんだろ？　ドラゴンの手土産くらい持っていけよ」

のっけから、初見殺しのアイテムボックス技を仕掛ける。1頭の後ろから巨大オリハルコン刀を取り出すと、いきなり真ん中のドラゴンの首を落とした。滅茶苦茶に風魔法をかけて、切れ味を上げてある。

ドラゴンの死体をアイテムボックスに収納した。倒したのは50mサイズの一番でかいヤツで、残りは30mサイズが2匹。

「お先」

「マジかよ！」

2匹目は魔道鎧を着込んで、一瞬にして間合いを詰めた。そして、正面からジャンプしてパンチを食らわすと、ドラゴンは仰向けに吹き飛んだ。すかさず、巨大オリハルコン刀のギロチンを振り下ろす。血しぶきとともに転がる、巨大な首。よし、ギルマスに言われた通りできた。獲物を収納、収納。高額の獲物を連続ゲットだぜ。

「おーい、1匹は任せたぞー」

アントニオは苦笑いしつつも、魔道鎧に気合を込めた。代々受け継いだ鎧に、魂が吹き込まれる。

それはもう、ちょっとした見もの、死闘だった。見ごたえがある。ドーム状の超強力ハイシールドの中で、胡坐をかいて見ていた。さすがにビールは自粛したが……。

襲い来るドラゴンブレス、そして魔道鎧の一撃。返すドラゴンの裂帛《れっぱく》のブレスが、半ば魔道鎧を吹き飛ばす。しかし、その超絶なSランク魔物の猛攻に耐え、さらに自身も猛攻と呼ぶに相応しい一撃を加えた。巨獣対人間の、ありえないガチンコバトルが目の前で展開される。

しまいには、貸していたミスリルの剣さえ捻じ曲がる。ドラゴンもアントニオも、互いに目を血走らせ、吼えまくり、互いの全てを賭けた死闘を演じた。俺はというと、いろいろな角度から撮影用筐体でバッチリ記録した。そして、ドラゴンブレスは、ありがたくスキルとしていただいた。こいつはすげえ。これがあれば、さっきのヒュージスライムなんかイチコロだ。

このブレスは、強力なシールドやバリアには防がれてしまうが、通常の魔法防御などは貫いてしまう。アントニオの奮戦に感謝する。まあ、ヤツもAランクを目指しているんだから、自分の力でドラゴンを倒さないとな。

しばらく死闘を繰り広げた後、とうとう裂帛の気合でドラゴンを屠《ほふ》った。満身創痍だ。俺はチートであっさり倒したが、本気でドッキ合ったらこうなるのか。……絶対にやりたくない。

首を落とすなんて派手なやり方でなく、泥臭い勝ち方だったが、この男にはその方が実のある戦いになったはずだ。アニキの狙い通りだな。弟も一皮剥けただろう。

「俺との試合で今の気合があったら、今Aランクを目指していたのはお前だったろう。コングラッチレーション。アニキに褒めてもらえそうだな」

拳を突き出すと、アントニオも合わせてきた。元気がないようなので、回復魔法をかけておく。ヤツが倒したドラゴンも預かり、転移魔法でギルドに戻る。

ギルドで時刻を確認すると、まだ夕方前だった。

「早かったね。首尾はどうだい？」

アンドレさんの問いに、ごろんと3頭の大きなドラゴンを出す。本当にギルドって広いよな。ドラゴンは血抜きをしているから、汚れたりはしない。

ギルマスも驚き、三連山を凝視する。

「なあ、ギルマス。何で3頭もいたんだ？」

「そんな話は聞いたことがないな」

ギルマスも不審そうに、でかい獲物を睨む。

「これ、絶対によくない話だぞ？　最近のダンジョンの異変の話は耳に入っているんだろ？　まあ、おかげで俺たちは2人とも晴れてソロドラゴンスレイヤーだ。しかも俺はダブルだぜ」

俺は笑いが止まらないといった表情で言う。しかしアントニオは、気難しげに言ってきた。

「本当によかったのか？　お前がトリプルも狙えたんだぞ」

「あんないいものを見せてもらったんだ。よかったに決まっているじゃないか。なあ、アンドレさんもそう思うだろ」

「ああ、このドラゴンを見れば、どんな戦いだったかも分かる。お前はオルストン家の誇りだ」

「兄さん……」

「アル、ドラゴンは一度しまっておいてくれ」

「あいよ」

ギルマスに言われて、そそくさとドラゴンをしまった。

「王には報告を入れんといかんだろう」

「また、俺も行くの」

「いや、今回はいい。おイタをしたわけじゃないからな」

「ついでにSランクに推薦する話もしておいてくれ」

「おイタ？」

アントニオが首を傾げた。

「来いよ」

転移魔法で魔法演習場に移動し、ガラスの大地と化した状態を見せる。こうして改めて見渡すと、芸術的でさえあるな。

「お前……」

呆れ顔をした後、アントニオは大笑いした。

「本当に、とんでもねえヤツだな。全くたいしたもんだよ」

ふと、アントニオのステータスを見ると、しっかりソロドラゴンスレイヤーの称号が付いていた。

この世界のステータスは、俺のＰＣスキルで確認できるものと少し違うようだ。鑑定で確認できるのは、名前と年齢、性別、称号や種族名などが分かる程度になっている。あとは、賞罰や状態異常があれば、それも確認できる。解析を行うと保有している魔法も分かるが、俺のように隠蔽されていれば見えなくなる。当たり前だが、ＨＰやＭＰなんて概念もない。スキルとかは存在するが、相手のステータスとして表示されるわけではなく、これも解析で見るしかないのだ。

スキルや魔法のＬＶは10段階で表されるが、これもギルドなどで示されたような基準に過ぎない。俺のステータスでも、魔素の海を通して検知できたものを元にＰＣスキルが表示しているだけだ。いわゆる、熟練度といったものだろうか。使って慣れる、経験を積んで習熟して、強力になっていく。イメージ作成が良い例だが、スキル化すると、その能力を強力に使えたりするのだ。

自分の称号を見ると、〝迷い込みし者〟〝Bランク冒険者〟〝ソロドラゴンスレイヤーW〟になっていた。取りあえずはBランクをAランクに、いやSランクに上げよう。そして今度こそ、あいつらを掃除してやる。


ルーキーのBランクと〝あの〟オルストン家の三男が、ダンジョンのドラゴンを倒したという噂は、王都中に広がった。しかも、それぞれが各々ソロ討伐であること、一度に3頭のドラゴンが湧いていたことなども知れ渡った。

ギルドを出た俺は、一度エリの家の様子を見に行った。出迎えたのは、プリンを掻きこむエリーンの姿だ。特に心配は無用か。

子供たちは忙しくお菓子作りをしていた。今日はプリンの試作をしていたらしい。プリンなら、専門の試食係が常駐している。

材料はエリに与えたアイテムボックスの腕輪に、いろいろと用意しておいた。

「リサさんは？」

姿が見えないので、試食係に尋ねる。

「用事があるとかで、エドが付き添ってる」

問題はなさそうか。

「それより、ドラゴンをやったって本当?」

「ああ。これでAランク試験に受かればSランクは堅いな。ソロドラゴンスレイヤーWの称号持ちだ。ギルマスのアーモンだって、ドラゴンのパーティ討伐でSランクに上がったんだからな」

「すげーっ。みんな! アルさん、ドラゴンスレイヤーだってさ」

「すげー」「すごおい」「すごいですねー」

うん。お前ら、絶対にすごさが分かってないよね。特に4歳児と7歳児。

ギルドに戻ると、アントニオが少し所在なげにしていた。

「どうした? 元気がないな。ソロドラゴンスレイヤーになったんだ。もっと胸を張れよ」

「ああ。ちょっと飲みに行かないか?」

「別に、いいけど」

ぶらぶらと店を探していると、門構えが気になる店があった。感じるのだ。間違いない、ここはいい店だ!

「ん? この店がいいのか?」

「ああ、ここにしよう。店は門構えで選ぶことにしているんだ」

「何だ、そりゃあ」

テーブルにつき、店員さんに注文した。

「お金には余裕があるので、お任せでお願いします。あと……おい、酒はどうする？」

「そうだな。じゃあワインをお任せで」

「かしこまりましたー」

しばらくして、にこやかな店員さんによってワインが運ばれてきた。へー、白か。よく冷えている。

「ソロドラゴンスレイヤーに乾杯」

俺は杯を差し出した。

「乾杯」

アントニオも合わせてくる。小気味よい音が響いた。いいグラスだ。

「ん、これは美味いな。白ワインは珍しい。それにきちんと冷えている」

俺は、狙いが当たってご満悦だ。王都とはいえ、飲食店で酒を冷やすためだけに魔道具は使えない。それこそ貴族御用達の店で、目の玉が飛び出るような金額を取る店くらいであろう。

料理も美味かった。よくスパイスを効かせ、肉も良いもので、焼き加減も絶妙だ。間違いなく当たりの店だ。店主の情熱がうかがわれる。

アントニオは、飲み食いはしているものの、やはりどこか所在なげだ。

「どうしたんだ？　さっきからずっと変だぞ」

「ん？　あ、いや。家のことを思い出していた。かつてのオルストン伯爵家のな」

「へ～。お前、貴族だったのか」

「いや、かつてのと言っただろう。今はただのオルストン家さ」

「何か大変だったんだな。っていうか、伯爵家が地位を剥奪されたんだ。大変なことだろう。よく生きていたな、お前もアニキも」

「ああ、そのへんはいろいろな話があってな。実際、うちには何も落ち度はなかったんだ。だが、どこかが責任を取らなくてはならなかった。公爵家に責任取らせるわけにはいかないだろう」

「あっちゃー。それで家の方は残ったのか」

「兄貴は……あ、長男の方な。アンドレは次男だ。いつか、きっと功績を立てて、オルストン伯爵家をもう一度って言っていたんだ」

料理を突きながら、少し思いにふけるような感じで語り出した。

「あの頃、俺はまだ小さくて、何もできなかった。アンディの兄貴におんぶに抱っこさ。アンドレもまだ少年だった。手助けといっても、なかなかな。その分、アンディに全ての負担がかかっていたんだ」

「そうか」

俺は、ワインを傾けながら、短く相槌を打った。

「だが、アンディは運が悪かった。オルストンには何も落ち度はなかったのに、他人のあおりで商売がまた傾いた。そして……オルストン家は没落した。屋敷も失い、アンディの兄貴は、元の領地の近くにある元爺やの所に身を寄せている。そのオルストンの三男に過ぎない俺が、今さら……そう思うとやりきれなくてな」

「上の兄貴に顔を見せてやったらどうだ」

「いや、アンディも複雑だろう。会いたいけどな」

「そうか……」

俺は杯を煽り、少し間をおいて言う。

「アントニオ、Sランクになれ。そして伯爵になれよ。お前が新しいオルストン伯爵家を興すんだ。国王もさすがにダメとは言えないだろう。それでアニキに会いに行けよ。アンドレさんと2人でさ」

「そうだな。それがいいかもな。話聞いてもらってよかったよ。少し肩の荷が降りた」

「取りあえずBランクからだな」

「ああ、試験はもうすぐだ」

「Aランク試験も4カ月おきにあるんだろ?」

「ああ。お前も頑張ってくれ。って、お前を倒せそうなヤツはいるかな?」

「分からん。Bランクの時も、まさかお前みたいなのがいるなんて思いもしなかった。Aランク試験なんざ、きっと化け物揃いだ」

「そうだな」

アントニオも頷く。

「お前がAランクになっても、まだSランクにしてくれないようだったら、ドラゴンをあと2~3匹、いや5~6匹くらい景気よく狩りに行こうぜ!」

「そうだな。そうするか。ははは」

ん、いい笑顔だ。大丈夫そうだな。

さて、いよいよAランク試験だ。俺も頑張るか。


この1週間ほど、ギルマスやアントニオにアンドレさん、それに前に頼んで見てもらった教官たちとみっちり稽古をし、そして魔力制御の訓練も行った。その結果、身体強化とHPがL

Ｖ12に上がり、ＨＰ８００万に達したようだ。さらに、武器や防具、魔道具などの開発整備に明け暮れた。

一応エリのところは、転移魔法で毎日顔を出していたし、新しいお菓子も完成していた。エリーンは、あの家から出られるんだろうか。他人事ながら心配になるな。エドの苦労が偲《しの》ばれる。

◆◇◆◇◆

異世界52日目。

本日はＡランク試験の当日。日本は、もう正月も終わって成人式の頃だな。しまった、餅食うのを忘れたぜ！

朝の魔力制御の訓練後、軽く体を動かしてから王都のギルドに移動した。ギルド内は殺伐とした雰囲気だな。まあ無理もないのかもしれんが。

ざっと２００人。現役のＢランクがほぼ揃っている。ここから、本戦出場の８名まで絞るらしい。予選は各ブロック25名のトーナメントだ。

今日は国王や主だった貴族も観覧する。仮に負けたとしても、活躍すれば彼らの目に留まるということで、気合の入っている者も多い。もうピークを過ぎて優勝の望みがなくても、そのような理由で参加することもあるようだ。予選の各ブロックはさらに12名と13名に分かれて、第1試合を行う。自分は12名のグループだった。

最初の試合は、槍使いが登場した。なかなかの腕前と見た。ミスリルの大槍が、唸りを上げながら頭上で回転している。相手は重戦士だ。かなりの重量の大剣が、軽々と空を切る。あんな鎧を着込んでいるのに、結構素早い。たぶん、いろいろなスキル持ちだな。

Aランク試験は、Bランク試験に比べて荒っぽいのが特徴だ。試験結果に相手の生死は問わないのが大きい。まあ、Aランクに上がろうというからには、その辺は無闇なことをする者はあまりいない。今後の評価にもつながるからだ。あまり人格に問題があると、子爵位が得られないこともある。

他の試合を見ていても、Bランク試験の時とはレベルが違いすぎる。それぞれがBランク試験の勝者であり、その後も研鑽を積んできた猛者ばかりだ。俺と違い、試験の経験も豊富だろう。だが今のところ、アントニオクラスの化け物はいない。アントニオとの特訓で、魔道鎧を剥がすことにも成功した。あれは他の場面でも使えそうだ。

ようやく自分の番がきた。相手は老獪そうな人物（自分と同じくらいの年か？）で、Aランクを土産に引退したいクチだろうと判断したが、ハッとした。構えていたはずなのに、試合開始直後に目の前に詰め寄られていたのだ。独特の足運び。と思った直後、自分が吹き飛んでいた。

Aランク試験では、場外負けなんて生やさしいルールはない。戦闘不能かギブアップするまで続く。いきなり、ギルマスから気を付けろと言われていた相手に当たってしまったようだ。

「いいか、アル。お前は強い。Aランク試験といえども、大概のヤツは圧倒できるだろう。だが、暗殺者系の相手には気を付けろ。ヤツらは独特の足運びと間合いで、おかしな攻撃をしかけてくる。対人戦闘の経験が少ないお前にはやっかいな相手だ。開始早々に潰せ。魔法がお前の最大攻撃手段なんだから、遠慮なんかするな。いやしくもAランクを目指す連中だ。少々のやりすぎは大目に見られる。客席に被害が出ないように、当日はいつもより強力なシールドを張らせておくから。心配なら自分でも張っておけ。お前は盗賊ギルドと揉めたが、ヤツらの子飼いのBランクもいる。お前と当たったら、殺しが目的になる可能性もある。そいつらに当たったら、殺して構わん。どうせお前なら、ヤツらと当たれば分かるだろう？　いや、むしろ始末しておけ。この先のことを考えたらな」

ちっ、しくじった。ギルマス、大爆笑しているんじゃねえか？

対戦相手は、無闇に近づいてこないで様子見している。それがお前の命取りだ。遠距離タイプの超攻撃者を近接で倒しておきながら、距離を取って様子見だと？　後悔させてやるぜ。最初の一撃で仕留めに来なかったことを。

　ムードが変わったのを敏感に察したのか、ヤツはまた少し距離を取った。どこへ行くつもりだ？　この籠の中で。掌で、わざと見えるように魔力を練る。自分の顔がどんどん凄惨なものに変わっていくのが分かる。そして、物凄い笑顔に変わった。嬉しくてしょうがない。自分でもハイになりすぎているのは感じるが、止められない。さあ、始めようぜ！

　魔力が極限まで膨れ上がり、風魔法を凝縮する。すさまじい渦が、巨大な球体として可視状態になる。直径５ｍの凶悪な風魔法の渦。死にさらせ！

「ギブアップ」

　え？

「ギブアップじゃ」

　ヤツは平然と言い放った。

「ちょっ」

　俺は呆然として、間抜けに掌の上で魔法を躍らせていた。

「勝者、アルフォンス」

　審判のジャッジが、無常にも響き渡る。会場が静まり返り、俺は思わず肩をプルプルさせた。

これがプロの暗殺者のやり方かよ。怒りの持っていきどころがない。

「いつか、あいつにこれをぶち込んでやる。その日までこれを取っておくんだ！」

ブツブツ言いながら、魔法をアイテムボックスに収納した。

相手の勝ち誇ったような顔が、超うぜえ。まるで勝った気がしない。試験に対するテンションやモチベーションが駄々下がりだ。畜生。いきなり問答無用で、フレアでもぶち込んでおけばよかった。いざという時のために、最大威力の上級魔法を山ほどストックしてあったのに……。

ただ、プロの状況を見定める力、切り替えの早さには舌を巻いた。やはり、Aランクに上がろうとするのは、海千山千のヤツらばかりだ。

自分のブロックは、これで残りが6人になった。次回、俺はシードになる。やっぱりギルマス推薦があると強い。さらっと、他の試合もチェックしておいた。本当に強いヤツは、まだ様子見の状態だろう。俺みたいなルーキーを初見殺しにするために……。

すぐに前の試合が終わり、俺の2試合目が始まる。あと2つ勝てば予選ブロック優勝、そして本戦出場だ。

対戦相手は魔法使いだった。そいつを射殺すような目で見て、魔力を立ち上らせた。攻撃しないのであれば、デバフも含めて試合前に魔力を発動することは自由だ。バフは徹底的に重ねがけする。ミスリル剣に必殺の魔力を込めると、フレアの炎が吹き上がる。

そして、魔力によるメンチ切りが始まった。魔法使い同士なら、当然の試合前の挨拶だ。自分でも恐ろしいほどの魔力が、試合会場どころか、観客席までも埋め尽くした。しかも止まることなく、上昇させ続ける。

既に観客席が半恐慌状態になっていることに、気付いていなかった。審判の合図がないので、不信に思って審判を見ると、審判も固まっていた。魔力の放出を緩めると、ようやく正気に戻ったようだ。

そして、対戦相手に近づく。

「勝者アルフォンス」

相手が立ったまま気絶していた。またもや、会場が静まり返ってしまった。さっきのは、ドラゴンを沈黙させ、後ずさりさせるほどの魔力だ。やり過ぎた……。またもやフラストレーションがたまる。

そして3試合目……鮮やかに俺の不戦勝が決まった。思わず身悶えた。大丈夫だ、まだ本戦がある！

間髪を入れずに本戦が始まった。休憩もなければ、選手の紹介もない。俺の試合は、直後に組まれていた。やっと、まともに戦えそうだと思ったら、開始早々にいきなり食らった。

「ドラゴンブレス」

いきなり、そう来ましたか。俺以外に、こいつを習得していたヤツがいたとは……。

ドラゴンブレス、こいつはやっかいな魔法だ。魔法でありながら物理攻撃なので、対魔法防御のマジックシールドでも防げない。物理シールド、しかも半端ないレベルでないと対応できないのだ。

その上、物理攻撃の効果を持つからか、ドラゴンの体内で発動して、外では物理攻撃として認定されるためなのか、ディスペルを受け付けない。

だが、ドラゴンブレスには決定的な弱点がある。超強力で対魔法効果を受け付けない代わりに、効果時間が短い。もっとも、大概の相手はノックアウトできるだけの超強力な魔法だ。

俺は物理シールドで防ぐと、相手のドラゴンブレスの効果時間が切れた瞬間、奴の数倍の威力を持つドラゴンブレスを放出する。だが、相手も何らかの反撃を警戒していたのか、その刹那、上へ飛んでいた。

フライ持ちか、やっかいだな。遠慮なくフレアをぶち込むと、空中で命中して、大爆発を起こす。シールドを全方位展開しておいたので、こっちはビクともしない。

そして、ヤツは……ちょっと焦げているだけだった。何だよ、こいつ。絶対に優勝候補だろう。そしてたぶん、人間じゃないな。鑑定を行う。

「エンシェントドラゴン。人化中」

こんなマッチョ戦士な人化ドラゴンなんて、誰得だよ！　美女を出せよ！　それはドラゴンブレスも吹くし、飛びもするだろう。だって本物なんだもの……。

しかし、ヤツはいきなり近づいてきて、俺に尋ねる。

「お前は何者だ。ブレスを吹く人間なんて、聞いたことがない」

「いないわけじゃないぜ。滅多にいないけどな」

「この俺よりも強力なブレスを吹くとは。潔く負けを認めよう。俺もまだまだ修行が足りないな」

そう言い放って、審判に負けを宣言して、片手を上げて出ていった。

何だったんだ……。あっけに取られて、ヤツの後ろ姿を見送るだけだった。

「勝者アルフォンス」

あんまり盛り上がらなかった。くっそ。沈黙よりはマシか。泣きそう。

はっと目をやると、先ほどのエンシェントドラゴンは家族と談笑し、子供を抱き上げて楽しそうに去っていった。奥さんは人間だった！　しかも、すげえ美人だ。子供も超可愛い。

鑑定すると、子供はドラゴンハーフとある。初めて見る種族だ。ゴッドブレスユー。あの子が将来差別されたりしないといいな。

人間と結婚したから、人化して街に住んでいるのか～。それに比べて俺なんてなあ……。何か、また敗北感が押し寄せてきた。

いかん、いかん。まだ試合が残っているんだ。あと2試合。

準決勝の相手は、妙な鎧を着込んだ男だった。内から吹き上がる衝動。

『警戒』

簡潔な2文字が、信じられないほどの圧力を伴って頭の中を流れていった。今までにない激しい警告。そんなにヤバいのか⁉

警戒しつつ、試合開始早々、フレアを打ち込んでみる。相手に向かって打ち込んだはずのフレアが消失した⁉　魔法を消すのか。間髪入れず、身体強化を重ねがけし、最大強化のミスリル剣を打ち込んだ。傷一つ、つかない。さすがに驚愕した。これは普通じゃない！

「無駄だ。いかにお前が強かろうが、この鎧を着た俺に、ダメージを与えることはできぬ。これは一種の呪いだ。魔法効果無効、物理攻撃無効、毒も物理攻撃と見なされる。お前に俺は倒せない」

「呪いの効果は？」

「一生これが脱げないということかな？」

俺なら、そんな鎧は絶対嫌だ。

「一つ聞いていい？」

「何だ？」

「トイレは？」

「……ま、まあ、生活魔法というものもある」

垂れ流し&魔法で処理ですか。宇宙飛行士みたいだな。オムツよりはマシか？　繰り返すが、俺ならこんな鎧は絶対嫌だ。

「さあ、お喋りは終わりだ。行くぞ」

ミスリルの大剣を抜き放った。その所作は半端ない、鍛錬に鍛錬を積んだ強者をイメージさせた。剣のみで戦えば、1兆回やりあっても、勝てん！

ヤバい、冷や汗が背筋を駆け下りていく。

ん、まてよ。ちょっと試してみるか……。ヤツの周りに小さいシールドを張り、アイテムボックスを使って中の空気を抜いてみた。こういうのも、あの鎧は無効にできるんだろうか。

いや、ヤツが倒れた。マジか！

避難していた審判が駆けつけ、宣言をする。

「勝者アルフォンス」

もし、ヤツに現代人のような知識があったら、今回のことも問題なく対処できていただろう。風魔法を使って、空気を作りだせばいいのだから。だが実際には、呼吸の仕組みについての知識がなかった。一瞬で空気を奪われて、対応できなかったわけだ。

心肺停止状態の相手にヒールをかけると、あっさりと蘇生した。しかし、激しい警告の割には、すんなりと決着がついたもんだ。ちょっと納得できないが、まあこういうこともあるさ。

「俺は負けたのか……。お前はすごいな。必ず優勝しろ」

短くエールを残し、対戦相手は立ち去った。なかなか気分のいいヤツだったな。


ついに決勝戦。ここで勝てば、ほぼSランク昇格が決定する。対戦相手は、魔法使いだった。しかも、こいつは半端じゃない。無闇に魔法で挑発してきたりもしない。こちらへやってきて、話しかけてきた。

「お前に少し提案がある」

おや？

「俺とお前が魔法を打ち合ったら、会場が持たん」

ふむふむ。

「お互い、会場を守るシールドは張りながらやろう。でないと2人とも後で……」

分かる、分かる。大目玉は必死だな。俺は自分でやるつもりだったが、対戦相手も気遣いのできる男だった。

「了解。俺もギルマスから、そう言われているんだ」

「ならば参ろうか。お前の魔法には期待している」

ならば、その期待に応えよう。シールド、マジックシールド、バリア。それはもうたっぷりと用意する。見ると、ヤツも張りまくっている。

「それでは開始といくか。いつでもいいぞ」

「了解した！」

魔道鎧は威力が高すぎて、これまでの対戦では封印していた。ここは、当然使っていくシーンだ。だが、スピードは封印する。その場に立ったままの魔法の撃ち合いだ。それはもう撃ちまくった。

アイテムボックスの中には〝魔法の元本〟を格納し、魔法インベントリにはコピーした魔法を多数用意した。そこから自分用に防御魔法、相手に向かっては攻撃魔法を、それぞれ使いまくる。相手に敬意を表して、おかしな攻撃魔道具や物理兵器は一切使用しない。純粋な魔法の撃ち合いを、お互いに楽しんだ。さながら、地上で打ち合う花火大会の如く、魔法の大輪が花咲いた。

会場の人間は皆、身じろぎもせずに、それを見ていた。俺と同じ見取りのスキルを持っているヤツがいたら、ホクホクだったろう。

俺たちの宴は、1時間も続いただろうか。やがて、それは厳かに終焉を迎えた。相手の砲撃が止んだのだ。俺も撃つのを止めた。そして、ヤツはくるっと踵を返し、静かに退場していった。

「勝者アルフォンス」

俺の優勝が決まった。魔法使いの彼に感謝する。Aランクの決勝戦に相応しい内容になった。少なくとも、彼《か》の者の精神はAランク以上だ。これが互いに戦場で戦火を交えて、俺が勝ったというなら、捕虜となった彼に帯剣を許したまま記念撮影に臨んだだろう。

最後に何もないのかと思いきや、優勝者には国王からAランクの資格が授与されるようだ。ギルドは国家間にまたがる独立組織ではあるものの、開催国には配慮されていた。

俺は呼ばれ、国王の前に進み出て、膝を突きながら首を垂れた。

「優勝大儀であった。我が国に仕官したいなら、いつでも歓迎する。その際には子爵位も授けようぞ。我が国から何か褒美を授けよう。何がよい？」

国王陛下がおっしゃった。名誉子爵位でなく子爵位か。買ってくれたものだ。

「それならば、恐れながら申し上げます。先にソロドラゴンスレイヤーの称号を手に入れました。その功績を持って、Sランクへの推挙をお願いいたします。つきましては、王家にドラゴンを献上させていただきたいのですが、いかがなものでありましょうか」

そう言うや、会場に50ｍほどのドラゴンの死体を放出した。会場がざわめいた。

「うむ。しかとドラゴンは受け取った。十分な功績と認める。アルバトロス王家25代目国王として、Aランク冒険者アルフォンスをSランクに推挙する」

ギルマスの話だと、もうこれで本決まりになる。内々にギルマスから話を通してもらっていたので、問題はないはずだ。あとはギルドの問題だから、ギルマス権限でSランクにできる。

こんな形を取ったので、おかしな貴族連中も俺には表立って手が出せない。手を出したが最後、俺が騒ぐので、今までの悪事も含めて芋づる式に表沙汰になる。裏から手を回してきた者は、容赦なく潰す。やっと望み通りの体制を整えることができた。さあ、屋台の時間だ！


王都にある冒険者ギルドのギルドマスター執務室で、光輝くSランクの冒険者カードを受け取った。虹色のかかった光沢を持つそれは、魔法金属とかではないが、特別な素材でできているらしい。

「これから、どうする？」

ギルマスが尋ねてきた。

「予定通りさ。屋台を始める。これで、あの借金取りたちが諦めて、エリの一家に手を出さないならよし。手を出すなら潰す。臨機応変に対応する。どの道、借金しているのは確かなことだし、さっさと借金を返させて、これからの生活の目途を立てさせたい」

「ふむ。ところで上級ポーションを定期的に卸さないか？」

「へえー。助かるけど、そんなもん出したらダメなんじゃないのか？」

俺は、芝居気たっぷりに、目を見開いて言った。

「いや、もうここまでくれば大丈夫だろう。バラまいた先の貴族は、お前が健在な方が自分の利益になるからな。いざとなったら味方してくれる公算も高い。それにAランク試験で、あれだけ派手にやったんだ。手を出してくる馬鹿はそうそういない」

さすがギルマス、いろいろ考えているんだな。じゃあ、お言葉に甘えるとするか。俺は上級ポーション２００本を取り出して、執務室のテーブルに載せた。ギルマスは、金の入った袋を投げてよこす。

「あと、ドラゴンの引き取りの希望が出ているが、どうする？」

「先にアントニオに聞いてくれ。ずっと預かったままだ。俺のは持っていたい」

「何に使うんだ？」

「ドカンと並べると、馬鹿を脅すのに非常に効果的だ。キメラで味を占めた」

ちょっとドヤ顔で言ってみる。まだ大掃除が残っているんだよ。

「まあ、いいけどな」

「じゃあ帰るわ。しばらく、アドロスにいる予定だ」

「分かった」


エリの家に行き、屋台について相談した。話し合いの結果、最初はドーナッとチュロスでいくことになった。

油を使うのはどうかなと思ったのだが、絶対にこれは受けると、エリーンが熱弁を振るう。まあ、こいつが言うのなら、それでやってみるか。火傷に備えて、エリにたくさんのポーション類を持たせておいた。

屋台設備については、既に作成済みだ。チュロス型の口金も作った。クリームドーナッも完成している。この世界の素材を使って、カスタードクリームも作成したのだ。エリーンは狂喜である。万が一、俺がいなくなっても、シュークリームは食べられそうだしな。

念のため、最初の頃は別のCランクチームを護衛として手配し、おかしな動きを見かけたら報告するように頼んだ。

◆◇◆◇◆

翌日、ダンジョン前の広場に屋台を設置して、商いを開始した。ライトウエイトを付与した魔石を組んであるので、発動させればエリ1人でも楽々引ける。

物珍しそうに、人が遠巻きに見ていた。まず、事前に作成しておいた幟《のぼり》を立てる。縦書きの旗で、ドーナツとかチュロスとか書いておいた。

そして、道行く人に試食品を配布する。ポールとマリーもお手伝いだ。この日のために用意した衣装が、なかなか可愛らしい。エリとリサさんは、商品の準備をしている。足りなくなったら、アイテムボックスから在庫を出せる。コピーできるから、商品切れの心配はない。

重曹《じゅうそう》だけは困ったな。持ってきた物をコピーしているだけだから、作り方がよく分からん。ネットで見ても、アイテムボックス抜きで1から作れと言われると、さすがにお手上げだ。重曹さえあれば、この世界の材料だけでベーキングパウダーも作れる。

試食品の評判は上々で、買ってくれた人も大勢いた。この世界での材料費や人件費から計算して、商品は銅貨2枚で販売した。

屋台の場合、商業ギルドでの場所代が1日当たり大銅貨2枚だ。これで、代官名での営業許可証が出る。屋台は零細業者だし、売り上げの把握も面倒なので支払いは一律だが、売り上げが少ないと材料費や燃料代なども相まって赤字になる。

「おい！　誰に断って商売してやがんだ？」

藪から棒に、強面《こわもて》のタイプが声を荒立ててきた。

「お代官様だ」

本当なんだから、しょうがない。

「何だと。ふざけるな。この辺りの屋台は皆、俺様が取り仕切っているんだぞ。ショバ代を払え！　1日大銅貨5枚だ」

それは、面白いことを言う。

俺はニコニコ笑って近づき、目にも留まらぬ速さでアイアンクロー。そのまま、ぶんっと人のいない所へ投げ飛ばす。そして、ドラゴンの首を、ドンッと目の前に置く。

「うひい〜〜」

そいつは腰を抜かした。

「そのドラゴン、ちょっと口の利き方がなっていないんで躾《しつ》けたんだ。お前も躾けがいるか？」

ついでに、反対側には血まみれのキメラの首を置いてみる。

「ひいいーー」

男は悲鳴を置き去りにして、逃げ出していった。

やっぱり、この首は使える！　もったいなくて、売れやしねえ。まだまだ活躍してもらおう。

新しいのも欲しいな。北の迷宮にでも行ってみるかな。

ギャラリーの市民たちは、思わぬ見世物に大爆笑だ。高さ３ｍを超えるドラゴンの生首に、ビビる市民が１人もいない。素敵なこの世界。

「やるねえ、お兄さん。あんたが噂のドラゴンスレイヤーなのか。Ｓランクなんだって？」

俺はにっこり笑って、キラキラ光るＳランクカードを見せる。

「困るな、アルフォンスさん。俺たちの仕事を取っちゃ」

笑いながら、警備の冒険者が言う。

「何、数は力さ。あいつらも諦めんだろう。頼んだぜ」

すごい客寄せになったので、初日から商品は爆売れした。

それからは、連日の大賑わい。警備は他の冒険者もいるので、エリーンも屋台に投入した。こいつは意外と小器用で、そんな仕事もオールマイティにこなす。そこそこ美人で愛嬌もあるため、男性客の評判も悪くない。あそこまで食い意地が張ってなきゃなあ……。

初日にちょっかいを出してきたヤツらは、あれから見かけない。様子見しているんだろう。やっぱり、潰しておかないとダメだな。

◆◇◆◇◆

異世界63日目。

10日ほど商いをやって、エリたちも金はだいぶ貯まった。そろそろ頃合いか。俺はアドロスの代官屋敷を訪ねた。

「こんにちは。Sランク冒険者のアルフォンスです。貴族ではありませんが、伯爵同等の身分です。代官殿にお目にかかりたい」

こういう時だけ使う、得意の猫なで声で頼み込んだ。

代官に面会して、エリの家の利息を軽減する計算をお願いした。普通はやってくれないが、Sランク&ソロドラゴンスレイヤーWの威光と、王子を救った英雄のネームバリューで、受けてもらった。話をすると、代官も連中には困っていたようだ。

「あまりに阿漕《あこぎ》な商売をしているので、困っていました。悪党貴族とつるんでいるので、なかなか手も出せない。今回の件は、渡りに船の話でもあります」

代官と一緒に借金取りのところへ乗り込み、全員を捕縛した。抵抗したら俺の出番だ。剣など抜くまでもない。魔法もいらない。ダンジョンの魔物たちに活躍してもらった。首、首、首のオンパレードだ。ほらほら、滅多に拝めるものじゃないぜ～。

泣き叫び、逃げ惑う小悪党ども。超身体強化をして、血まみれの巨大な高ランク魔物の首をブンブンと振り回す俺は、この界隈の悪党たちにとって恐怖の代名詞となって語り継がれた。首狩りアルフォンスの伝説は、長く伝えられたという。

大はしゃぎではっちゃけさせていただくと、1週間溜まった洗濯物を片付けたかのようにすっきりした。何しろ、あの口煩いギルマスから、暴れてOKを貰っている案件なのだ。

証文や貴族との覚書など、証拠書類を全て押収する。この俺のMAP検索からは逃れられない。隠してあった証拠物件を、次々と暴き出した。

「おおーっと、こんなところに裏帳簿が～」

「おやおや、御貴族様のリストが出てきたねえ。どれどれ何が書いてある？」

「おっと、この金貨・銀貨の山は、何じゃらほい」

何度も何度もキーワードを変えて、検索しまくった。この作業によって、10件ほどの阿漕な金貸しを潰すことができた。

金貸しの所に蓄えられていた金も押収して、利息再計算の上、払い過ぎ分から元本を引いて配分することになった。あまりに暴利を貪っていたので、全ての人の元本返済が認められた。代官は、便秘が治ったかのようなスッキリした顔つきだ。悪党貴族が直に暗躍して、代官はスルーされていたらしいので、全く実入りがなかったらしい。悪徳貴族、ざまあみろとか思っているんだろう。

「やるのなら徹底的にやってしまわないと、自分の方が危なくなる。私は貴族でもなんでもありませんので、あなただけが頼りです！」

代官もやるなあ。

エリたちの分は、先に計算してもらった。銀貨30枚が返ってきて、エリ一家も嬉しそうだ。

証拠書類は、途中でもみ消されないように、ルーバの爺さんを通して国王陛下に直送した。阿漕な貴族たちの所業が明るみに出て、国王も処分をしないわけにいかなくなったようだ。

3つの子爵家、5つの男爵家と5つの準男爵家が王都アルバの地から永遠に消えてなくなり、アルバトロス王国の貴族社会にはかつてない激震が走った。

伯爵以上の貴族は、概ね歓迎ムードだ。分不相応な者たちが、王国貴族の名誉を貶《おとし》めていたのだから当然の処置との反応である。子爵以下は、明日は我が身と震え上がっていた。もちろん、下級貴族にも清貧を尊ぶ人間はいるので、全てではないが。アドロスで悪事を働いていて、今回たまたま粛清を逃れた者などは、みんな戦々恐々だ。そっと証拠を残さないように撤退していくのだった。


この国の貴族社会に俺の悪名が、雷鳴の如く鳴り響いた。

「貴族殺しの竜殺し」


本望、本望。

だが、これで全ての貧しい人たちが救われるわけでも、問題がなくなったわけでもない。その場しのぎに借金する手段がなくなってしまい、困る人もいるかもしれない。

でもエリの家みたいに、借金する前よりも貧乏になったら話にならない。

代官とは、仕事の創出について話をした。

「そのような仕事が創出できれば、ありがたいお話です。ぜひ協力させてください」

彼も乗り気だった。

まだ具体的な話は出ていないが、行政のトップが前向きなのは悪いことじゃない。仕事については、また考えよう。いろいろとアイデアはあるはずだ。この世界には、俺をルーターとする、インターネットが存在するのだから……。

外伝　チームエドの冒険

アルバトロス王国の王都アルバでは、最近、ある魔物の肉が美味しいと評判になっていた。この魔物は、王都から少し離れた、馬車にして1日で行ける場所で獲れるらしい。Fランクの魔物ということで、ゴブリン狩りと変わらないとばかりに、新人の冒険者たちも出かけることが多いそうだ。

一度たまたま口にする機会があったエリーンが、そいつの肉にメロメロになってしまった。またか……。チームエドのリーダーでもある私は、うんざりした。この子は優秀なのだが、何故こんなに食い意地が張っているのか。しかも、必ず質を求めている。この魔物料理は、Fランクの割に何故かべらぼうな値段がするのだ。

チームエドでは、食事はチームから支給される。毎月きちんと食事代を天引きし、また実入りが減った時とかでも困らないように、毎月決まった額をギルドに預けてあった。おかげで、このチームは食いっぱぐれたことがない。余剰分は分配して、個人の貯蓄としておいた。

私は、初めてエリーンと会った日のことを思い出した。ちょうど後方支援のメンバーが抜けて、弓士を募集していた時だった。そこに彼女がやってきたのだ。

試験をしたところ、大変優秀だったので即採用した。その夜、歓迎会をしたが、高い料理ばかりバクバクバクバクバク遠慮なく食った。呆れたが、まあ想定内の出来事だ。

それからも、飯の時間には徹底的に質を求めた。予算がないからダメだと言うと、まるでこの世の終わりのような顔をする。そして、ギルドに行って少し難易度が高いボーナスステージの依頼書を自分で持ってきては、自分の腕前で厳しいミッションをクリアし、ご馳走にありつく。そんな子だった。

彼女の性格には他のメンバーも呆れていたが、別に美味いものを食うのに反対なわけではないから、それほど非難はしなかった。金勘定は全て私が管理しており、それがチームの運営を脅かすものなら、私は絶対に浪費を許さなかったからだ。冒険者チームにとって財務を管理することは、リーダーである自分を含む、全メンバーの命を管理することだという信念がある。

少なくとも、エリーンは穀《ご》潰《く》しではなかった。ある意味エースといってもよかった。聞けば教会の孤児院育ちらしく、美味いものにはいつも飢えていて、自分で獲物を獲ってこないと、いいものが食えなかったようだ。神父さんが亡くなった後、村の狩人に弟子入りした。矢だって無料《ただ》じゃない。店に頼む金はないので、弓の手入れも自分で行う。そのような環境から、自然とエキスパートになっていったのだという。獲物と交換なら、大概のものが手に入った。農村みたいなところでは、物々交換が当たり前なのだ。

14歳の時、狩人のお師匠様が亡くなり、美味しい物が食べたくて、王都にやってきたらしい。

王都の厳しい入門チェックを、お愛想で切り抜けたと自慢する、信じられないヤツだ。

そんなこんなで一悶着はあったものの、優秀な弓士として活躍してくれたので、おおいに助かった。あの子に付き合ったおかげで、ここ数年、随分美味しい物が食べられるようになったのは事実だ。


話題の魔物だが、不思議と獲ってくるチームがない。知り合いの冒険者に訊いてみても、妙に曖昧な返事が返ってくる。

「お、おう？　そ、そうだなあ。ま、まあ、1回行ってみろよ」

何だそれはと思いつつ思案していると、デニスがご注進にきた。

「なあ、エド！　例の魔物を獲りに行こうよ。何か知らないけど、他のヤツが行かないから、独占商売みたいなもんだぜ」

エリーンに唆《そそのか》されたらしい。

ふうー、馬鹿どもめ。意味ありげに目線をやると、少し思案顔でおもむろにロイスが口を開いた。

「何が起きているのか、少し興味があるな。あまりにも異常過ぎる。脅威があるとか、そういう話ではないらしい。誰もギルドに報告してないそうじゃないか。うちのメンバーでも十分対応できるだろう。エド、行くぞ」

そうだった。ロイスはそういう人なのだった。私はとても嫌な予感がした。

「やったー、ロイス話せる～」

はしゃいだのはデニスだ。いつもはこうじゃないんだが……。

「正義は勝ちましたね」

笑顔満面のエリーン。脳内で胆汁が噴き出していそうな笑顔だ。何が正義なのか分からんが、たぶんお前の思う通りにはならんと思うぞ？

いろいろと計算はしてみたのだが、これは避けて通れそうもない。ならば、一番経営的に良いプランを練るか。どうせ、ロイスもそう思っている。無口なロイスが3行以上喋って、いい結果で終わったことなんて一度もない。

もう一度、情報収集に走ったが、取り留めのない内容ばかりで、逆に首を捻る。どうなっているんだ……ありえない。やはり、トライして失敗した冒険者から聞き出すしかないのか。

「また、その話かい？」

「またって、どういうことなんだ？」

旧知の冒険者を訪ねた私を待っていたのは、そのような返事であった。

「いやだから、その、なんだ。あれの件で来たんだよな？」

何だ、そのリアクションは。私はジト目で、その冒険者を軽く睨んだ。

「今度、うちでもその話に一口乗る意見が出てな」

「そうか、それはご愁傷様だな」

大変気まずい時間が流れた。結局、まともな話は聞き出せなかったので、これで切り上げることにした。

「まあ、取りあえず、行ってみるしかないのか」


定宿に帰ってみると、浮かれたヤツらがいろいろ仕度をしていた。いつもはぐずぐずしているのに、こういう時だけは準備がいいんだな。

私は、装備の状況を確認していく。不備があれば、命取りのシーンがないとも限らない。装備の破損状況などは、任務終了時に羊皮紙に書かれた管理表で確認している。点検や補修、そして防具店での修理履歴なども詳しく残してあり、必要なら修理や交換を指示するのだ。その費用は、毎月積み立てているチームの補修積立金から出している。

いっぽうロイスは、いつもよりさらに目を細めて装備の点検を行っている。前衛である彼は、魔物とまともに対峙するポジションなので、念入りに点検しているのだろう。

自分は決して貧弱な方ではないが、筋肉ではロイスに敵わない。だが、私の一番の武器は、冷静沈着さと頭のキレ、そして計算力だ。割に合わない仕事に、無理にしがみ付いたりはしない。費用対効果を考えて判断し、次回に埋め合わせすればいいのだ。そのあたりの判断力は、全員から信頼されていると思っている。

ロイスの防具も私の物も、いずれも防御力と機動力を兼ねるためのものだ。冒険者は、軍の兵士ではない。いろんな状況で、臨機応変な仕事が要求される。機動力も必要だ。チームエドは生存率を重視しているため、重量の大きすぎる装備は持たない。

私は長剣を使い、ショートソードをサブに持つ。装備もいくらかは共通化させており、デニスはメインがショートソードで、サブが大型ナイフだ。ショートソードは全員が携行する。軽量さと最低限の攻撃力を保有するため、携帯を定めている。

また、私とロイスには、補修が容易でそこそこ高い防御力を有する革のガントレットをつけている。ロイスのものが破損したら、私のものを渡せる仕組みだ。攻撃力も防御力も、最低限は確保しての撤退戦が可能な、装備設計を持つ。残念ながら大概のチームは、そんな危機管理はやっておらず、あっさり全滅するチームも少なくない。

ギルマスのアーモンは、そんなうちのチーム経営に高い関心を持っており、いつかは私をギルド職員に迎え入れたいと考えているようだ。もう打診も受けている。

エリーンもメインの武器としては各種の弓を使い分けるが、サブはショートソードとナイフだ。センスがいいので、近接戦闘も並み以上に戦える。コミュ力も高く、貴族の子女の護衛もあっさりこなす。エリーンの加入で仕事受注の幅も広がり、チームの収支も向上しているが、その分は食い物で還元している。今回は馬車での移動なので、各タイプの弓の携行を命じてある。

デニスとエリーンは、基本装備の革の服を着ている。デニスは基本装備の他に、軽い胸当てを使用している。胸当ては地味な革製で、目立たない色にしているのはシーフ故だ。

各メンバーは、荷物として薬草やポーションを持っており、使用した際には報告義務がある。何があるか分からないので、各自の背嚢には携帯食料を常備。水については、生活魔法で最低限は作ることができるが、水筒1本は携帯を義務付けている。

汗をかくので、匂いで敵に気取られぬように、装備には常に浄化をかける。革の装備なら、それによって長持ちするし、貴族相手の仕事で臭かったりしては困るからだ。香水や化粧品は基本的に使用禁止だが、酒場の歌姫の仕事を受けるエリーンは例外となっている。その代わり、冒険者の仕事に行く際には、完全にそれらの匂いがしなくなるまで、風呂屋行きが命じられる。

装備などの準備を見届けた私は、馬車の手配を行う。狩りだって、ただじゃない。馬車の賃料に馬の餌。食料に矢、使った装備の手入れ料金。薬草にポーション類。場合によっては、装備などの損耗もある。

チームエドでは、装備は支給制だ。損耗も計算して財務をやりくりしているが、人的損耗だけは許容できない。中にはそういうことを厭わないチームもあるが、これだけは絶対に譲れない。ただでさえ、冒険者というのは命が危険にさらされる商売なのだから。

幸いなことに、チームエドの財務は良好だ。私の日頃の血が滲むような努力の賜物で、少しは余裕がある。今回の内容には不安しかないので、次回は少し利益率の高い仕事を入れようと密かに決意した。

◆◇◆◇◆

翌日の朝、馬車置き場に向かった。背嚢は担いでいる。さらに、遠距離からの狩りを試みるために、ロングボウなども積み込む。馬の餌などは、昨日のうちに手配を済ませてある。予定では、行きに1日、現地に2日、帰りに1日の合計4日の行程だ。荷物運搬用の木製小型台車は宿に置いてあるので、少し重い装備はそれで運ぶ。

台車に乗っかっているエリーンに向かって言う。

「いいか？　向こうに着いて、２日で獲れなかったら諦めろ。分かったな。次回は商人さんとか貴族様の、実入りのいい仕事をするから。でないと、お前の好きな美味しいものが食べられないぞ」

「大丈夫だよ〜。だって、聞いた話じゃ、いっぱい走り回っているみたいだし。待っていてね、あたしのダーチョ」

確かに、その話は聞いた。だが、それなら何故誰も取ってこられないのだ？　いや、獲ってきてはいるのだろうが、絶対的に量が少ない。

不安はあるが、とにかく出発することにした。２頭立ての馬車の手綱を握り、カーブする大通りを王都の南門方面に向かって進ませる。馬車の速度は時速５㎞ほどで、この世界では通常の歩行速度と同程度だ。遅く感じるかもしれないが、馬を傷めたくなかったら無闇な速度は出さないことだ。無理をして馬車の車軸が折れてしまうと、たとえ馬車に問題があったとしても、修理代を払わされるのがオチだ。石畳の上で、馬の蹄を傷めるのもつまらない。

ちなみに、ロイスは装蹄の名人で、冒険者を引退後は装蹄で食べていける腕前だそうだ。もともと、馬屋関係の仕事を手広くやっていた家の三男で、馬の扱いも慣れている。

馬の扱いに慣れているロイスを差し置いて自分が手綱を握るのは、撤退戦を想定してのことだ。ロイスの指導の下、デニスやエリーンも練習している。メンバー全員が扱えるようになっておけば、誰か1人が無傷なら、全員が生きて帰れる可能性が高くなる。

王都の冒険者ギルドは西門にある。この国に2つしかない迷宮が、王都の西側にあるからだ。冒険者ギルドの周辺には冒険者が多く拠点を構えており、それを顧客とする宿も各種あった。我々チームエドも、そこに拠点を構えている。こまめにギルドに顔を出せば、いい仕事にも巡り合えるからだ。持ち前の交渉力で、有利な条件で部屋を借りていた。大部屋に男3人、小部屋にエリーンが陣取っている。前の後方要員も女性だったので、コストは変わらない。前任者は回復術士だったので、結構命を救ってもらったこともある。次のメンバーは攻撃力を上げた上で生存率も上げるという目標があったのだが、満たしてくれたのがエリーンだった。

馬車はやがて、同心円の大通り〝アルバ環状1号線〟を通過し、環状1号南交差点を右折して、南門へと進む。馬車を進めていると、7歳くらいの子供が手を挙げていた。大荷物を背負い、手にも荷物を持っている。見たところ、あまり綺麗な格好はしていない。

「冒険者さん、乗っけていってよ。門までいいからさ」

少年は小走りに馬車に寄ってきた。私は馬の手綱を引いて、馬車を止めた。

「そうか。じゃあ、乗っていけ」

「やったあ」

こんなのはよくある光景だ。身なりからして、この子はたぶん、迷宮都市アドロスの貧民街から来たのだろう。チームエドも、あの街にはよくお世話になったものだ。アドロスの迷宮は中が暗く、スライムが天井から降ってくる。多くの冒険者がこのスライムにやられているのを見れば、そのやっかいさが分かるというものだ。中でも悲惨なのは、荷運びの仕事をしている子供たちだ。スライムに食いつかれて、身も世もないような悲鳴を上げる子供の声が、耳を離れない。そんなことが何度か続き、チームエドではアドロスの迷宮へ行こうという者がいなくなってしまった。この子もそういう迷宮の仕事が嫌で、こっちへ来ているのだろう。王都で仕入れた品物を、30㎞南に離れた街道沿いの村まで運ぶらしい。

「おい、どうせなら、村まで乗っていくか？　どうせ道すがらだ」

「いいの〜！　ありがとう、お兄ちゃん」

「ああ、その荷物じゃ大変だろう」

思わぬゲストを迎えて、エリーンが気分よく歌い始めた。その限りなく赤に近い茶髪を揺らしながら、明るいグリーンの瞳が子供に慈愛の眼差しを向ける。

こいつの歌は絶品だ。酒場の臨時歌姫として指名をもらったりすることもある。王都に着いてすぐは、広場で御捻りをもらって糊口《ここう》を凌いでいたらしい。

「お姉ちゃん、お歌がうまいねえ。すごいなあ」

「ふふん、これだけは自信あるのよ～」

石畳の街道を馬の蹄鉄が石を打ち鳴らす音と、楽しげに歌う赤毛の文字通り紅一点の歌声が交差した。子供も調子を合わせて、歌い始めた。今回の面倒そうな狩りの話も、一時的に忘れてしまいそうだ。馬もご機嫌で、いいリズムを刻んでいる。

だが、楽しい旅も長くは続かなかった。デニスが何かを発見した。

「エド、馬を止めて。何かいる、この先５００ｍ」

手綱に反応し、馬が軽く嘶《いなな》いて足を止めた。デニスは馬車の屋根に上り、短髪の金髪を軽くたくし上げるようにして、前方を注視していた。明るい空色の瞳を持つ、彼の視力は特筆物だ。スキルで捕らえた相手であれば、この距離であっても対象が何かを簡単に判別できる。そのデニスが舌打ちした。

「くっそ、あいつだわ」

「まさか、あれがいたのか」

そいつは街道のやっかいもの。大カマキリだ。こいつは何故か街道のど真ん中にいて、獲物を待ち構え、出くわしたものに災いをもたらす。しかも、擬態を使うので、石畳の道とかだと、見つけにくい。優秀なシーフがいないと、餌食になることも少なくない。

でかいヤツは体高6m、全長9mにも及ぶ。これでCランクは詐欺だろうと、みんなが言っている。

だが、攻撃は通る。倒せないわけではないのが、逆に困る。商隊の護衛などでは、逃げましょうとは言えない。

「さっさと、やっつけてこい！」

そう言われて、涙目で倒しに行くのだ。なにせ、図体がでかい。昔、魔法使いが、風魔法一発で最大クラスの大カマキリをバラバラにしてしまったのを見て、心から羨ましいと思ったのを思い出した。それに、あいつの腹の中にいるヤツときたら……。

「エド、どうする？　この人数だと、やっかいだが。それに……」

デニスはチラッと、子供に目をやる。

「このまま待機して、他のキャラバンとの合流が可能か試してみるか。後の者に警告もできるし。もうワンチームいれば、なんとか……」

本来あのような生き物が存在すること自体が、異常なのだ。外骨格を持ち、動物のような呼吸器官や血管を持たない昆虫は、通常、こんなに巨大にはなれない。だから、恐竜や哺乳類のような超巨大昆虫は、存在しなかった。だが、こいつらは昆虫ではない。魔物なのだ。昆虫から生まれた魔物なのかもしれないが、それを成しているのは魔力があってこそだ。

まあ、そんな蘊蓄《うんちく》はどうだっていい。問題は、そいつをどうやって倒すかだけだ。


全員、戦闘に備えて馬車の外へ出た。子供にはエリーンがついている。場合によっては、馬車を捨てなくてはならないので、各自、背嚢と武器を背負った状態だ。

「ダメだ、エド。ヤツに感づかれた。触覚で探知して、こちらに飛んできたぞ。普通、この距離なら見つからないはずなんだが、たぶんしばらく獲物に会っていないんだろう。みんな、動くなよ。あいつらは動かない物は獲物と認識しない」

凍りつく子供。エリーンは子供の頭を撫でながら、心の中では冷静に戦闘パターンを組み上げているようだった。

「エド、念のためにアレもちょうだい」

「分かった。確実に仕留めてくれよ?」

そう言って、私は大カマキリから見えない位置でアイテムを手渡した。

大カマキリがやっかいなのは、飛行能力が高いところだ。そのくせ、地上での戦闘も強者ときている。あの大きな図体は、脅威以外の何物ではない。不幸な新人が出くわしたなら、全滅は必至のルーキー殺しだ。

一番効果的なのは、大勢で大カマキリを取り囲み、2人の戦士が1本ずつカマを受け持って、残りの戦力で足を狙う戦法だ。その間に遊撃が羽根をやる。だが、こいつは動きが素早い。戦士がヘイトをしっかり管理しないと、一瞬にして体の向きを変えて、囲んでいる連中に被害が出る。羽と足さえ壊して機動力を奪えば、こっちのものだ。

戦士を3人配置できればいいのだが、それをやろうとすると3チーム必要となる。今回は、ロイス1人しかいない。彼の防具は機動性を重視したもので、大カマキリを相手にするには相応しくない。相手がもう少し小さければ、なんとかなるのだが……。頼むぞ、エリーン。その緑色に輝く瞳を、怪しく煌かせたエースに向かって呟いた。

そいつは、短い飛翔を終えて、馬車の前に重量感を伴って降り立った。死神の舞。カマを持った死神の如く舞い降りる魔物に対して、諦めと決死の入り混じった人々は、大カマキリの所作をそう呼んだ。まるで、石畳が立ち上がったかのような姿。見事な石畳迷彩である。馬は魅入られたように動かない。動けば死ぬのを、本能的に知っているのだ。

最悪の場合、馬を人身御供、いや馬身御供にして逃げるしかないかな。緊迫する空気の中、そう思った刹那だった。

「うわあーーん」

子供が恐怖に耐え切れず、ついに泣き出した。無理もない、目の前に高さ5m級の怪物がいるのだ。小さな子供では、緊張に耐えられなかったろう。

我々、冒険者だって、こいつの前では泣きたいくらいだ。

大カマキリは、子供のその姿を見定めて、目の照準を合わせていった。動の前の静。その間、通常0・05秒とも言われる。だが、一瞬の隙がそこにあった。忍び寄る狩りではない。逃げぬ獲物を見て、楽に捕捉できると侮ったのか、腹が減り過ぎているのか、大カマキリは小さな口を開けたままの状態を保っている。

子供の隣にいたエリーンからは、真正面にいるただの動かない的だった。エリーンが手にするのは、必殺の武器、クロスボウだ。既に全身を黒光りする光沢に包まれた、鋼鉄の矢が装填されていた。パーツが壊れやすく、価格が高価なので、使用する冒険者は少ないが、1発の必殺のスピードがチームを救ってくれる瞬間がある。今がまさにその時だった。

エリーンはクロスボウをクイックに構えて、瞬きするほどのわずかな時間で照準を合わせ、大カマキリの口に向かって打ち込んだ。この手の速射はエリーンの十八番《おはこ》だ。

エリーンの放った黒い流星は、ヤツの涎を垂らす口の中へと吸い込まれていき、内側から頭に突き刺さった。この攻撃自体には、大カマキリを倒す力はない。だが、その矢には、昆虫系の魔物に非常に効果のある毒が仕込まれていた。おそらく、脳付近に食い込んだ矢からは、直接神経系に作用する毒が流し込まれているはずだ。例え硬い甲殻を持つ昆虫系魔物といえども、内側はそれなりに柔らかい。

大カマキリは一瞬恍惚とした表情を浮かべたかと思うと、やがて痙攣し、その巨体を振るわせた。グラリと揺れて、すさまじい衝撃を大地に浴びせて倒れ伏した。ピクピクして蠢くその巨大な体躯を見つめて、エリーンは問うた。

「まだやるの？」

「いや、やめておこう」

私は頭《かぶり》を振った。

そう、この魔物には第2ラウンドがあるのだ。むしろ、そちらの方が死亡率は高い。この大カマキリはでかい方だ。〝いる〟確率は高い。

大カマキリを倒せたのは僥倖《ぎょうこう》だった。毒の調合を自分で行う毒薬物のエキスパート、エリーンの本領発揮だ。彼女が師事した猟師は、薬物士でもあり、さまざまな毒の調合を行って魔物を倒していた。その師から徹底的に知識を学び、そして実戦で叩き込まれてきたのだ。現場で薬草を集めて調合する技術は、弓の腕と相まって、彼女の採用を決めた最大の要因でもある。

それなりに高価な素材の大カマキリに未練を残しつつ、立ち去ると、ほどなくしてデニスが言った。

「お、エド。当たりだったぜ。撤退して大正解だったね」

そいつは、馬車が立ち去ってから、大カマキリの腹を食い破って、その姿を天に突き上げた。

「ハリガネムシだな」

その巨大な姿は、とても昆虫の腹の中にいたとは思えない。直径は5㎝しかないが、全長は20ｍに達する。太くて黒光りするそれは、鋼鉄の鎧を柔らかい革の如く容易に貫いてしまう。20ｍもの長さの鋼鉄のバネから打ち出される槍は、軍用のバリスタを遥かに凌駕する威力があるのだ。しかも、それをフェンシングの突きのように、至近距離で連発してくる。おまけに、足が速いとくる。ありえないような生き物……いや、魔物だ。人間の足では逃げ切れない上、産卵前に宿主を失って激怒しているため、実にしつこい。

自力で獲物を獲れないので、カマキリの腹から出た野良ハリガネムシは長く生きられない。そうやって野垂れ死んだ場合、ハリガネムシの素材は急速にダメになってしまう。また、魔法などの強力な火で焼いてしまっても、同様に素材は使えない。無傷で素材を手に入れるには、電撃などの特殊な魔法が必要となる。そういう魔法使いは、商隊護衛専門の冒険者チームに引っぱりだこだ。

遠目にハリガネムシを見ながら、あの素材があれば、いや大カマキリだけでも……と頭の中で算盤を弾いていた。

余談ではあるが、この世界には算盤がある。この算盤は、商業ギルドのトレードマーク「算盤を持った猫」にも使われている。猫は二本足で立ち、何故か長靴を履いているが、その理由までは伝えられていない。このトレードマークを考えたのも、算盤を作り出したのも、アルバトロス王国の初代国王だ。

幸いなことに、その後は他の魔物に出会うこともなく、子供の行く村までたどり着いた。そこで降ろしたが、帰り道をひどく怖がっている様子だ。

「じゃあ、帰りにまた拾ってやろうか？　明後日の朝ならいいぞ」

事情を聞いた村長が、明後日まで泊めてくれるらしい。わざわざ遠くまでいつも来てくれる子のようで、村では可愛がられていた。父親がいなくて、母親を助けるために頑張っているのだ。冒険者もそんな子供には優しい。そういう場合、まず大抵父親は、彼らの同業者であったと思われるからだ。私たちも、この子をこのままにするつもりはなかった。

その後、夕刻には無事に目的地にたどり着いた。背景に低木林の広がる、草原地帯だ。ダーチョは主に草食の雑食で、鳥系だが成長スピードが早く、すぐに増えるらしい。そして、でかい。高さ2m以上あるが、それほど攻撃的ではないので、Fランク扱いだ。スピードと、強力なキック力を持ち、本来はEランクとしてもいいくらいだろう。

「狩りの時間だー！」

エリーンが目の色を変えて、立ち上がった。もうロングボウを握り締め、準備万端だ。

「今からキャンプの設営だ。晩飯抜きでもいいのか？」

その一言で、エリーンも理性を取り戻したようだ。理性というか、単にお腹が空いたのだろう。

こういう仕事は、みんなも好きだった。移動距離が短く、荷物の積める馬車を使うため、普通に美味しいパンを食べられる。狩りができれば、美味い肉にもありつける。迷宮の中とかは、食事が不自由で仕方がない。携行できるものが少ないので、いきおい保存食になる。

鼻歌で設営準備にかかるエリーンとデニス。浮かない顔のエドとロイス。

「ロイス的には、どう思う？　ヤバい匂いがする案件とは思えないんだけれど、一筋縄ではいきそうもない」

「まさに、そのとおりだ。とはいえ事実を解明しないと、話にならない。王都の近くで、こんなことがあるというのも、気に入らない。ギルドは一体何をやっているんだ。どうせなら、ちゃんとした調査チームを送るべきだ」

また、ロイスが3行以上喋ったなあと思いつつ、設営を進める。

あまり匂いをさせるのはよくないので、夕食は簡素なものにした。とはいっても、仕事中としては十分贅沢だ。パンに柔らかい干し肉、宿で頼んで作ってもらったシチュー。これは特別な容器に入っていて、魔道具で加熱できる。エリーンの希望で購入したものだが、この魔道具は料理を温めている間、匂いをあまり出さない優れ物だ。その他、匂いがきつくない果実をデザートにつけた。特にエリーンは幸せそうな顔をしているが、おそらくは狸の皮算用的な思考に支配されているのだろう。やれやれ。

今夜の歩哨の順番を決めて、歩哨以外の全員が休むことにした。基本的に、女性であるエリーンが最初の歩哨を務める。体力的なものもあるが、こいつを後に回すとなかなか起きないのが一番の理由だ。あと、寝不足が弓の腕に影響しても困る。

最後に歩哨を務めるのが私だ。だから、日中に時間が取れる時は、優先的に仮眠する。まだ若いから無理は利くが、生存率の向上のために眠るだけだ。

◆◇◆◇◆

翌朝、簡単に朝食を摂ると、張り切ったエリーンが早速デニスをせっついて、獲物を探させる。今回は高速で移動する鳥型魔物なので、主にエリーンが攻撃の主役だ。

　2人とも張り切って、出かけていった。

「やれやれ。ところでロイス、現場を見てどうです？」

「うむ。まだ、何とも言えんな。どこといって、変わったところは感じられん。現物を見てからのお楽しみだな。数はすぐ増えるそうだから、直に会えるだろう」

　ロイスの話が2行で終わったので、安堵する。行きに早速大カマキリに遭遇したし、昨夜も3行喋ったから、ドキッとした。

　ほどなくして、2人が帰ってきた。何となく、しょんぼりしている。

「どうした、2人とも。ダーチョはいなかったのか？　そのうち出てくるさ」

「いやあ、ダーチョがいたことは……いたんだよ。それもいっぱい」

　デニスの態度に驚いた。デニスの索敵能力は、Cランク冒険者の中ではトップクラスだ。頭一つ抜けていると思う。Bランクチームでも、何とかやっていけるだろう。こんな浮かない顔は初めてといってもいい。しかも獲物は見つけた、と言っているのだ。

　エリーンにいたっては、最早膨れっ面だ。性格はあれだが、こいつの腕は天下一品。仕留め損なうとは思えないのだが……。

「とにかく2人とも来てちょうだい」

デニスとエリーンに促されて行った先には、ダーチョらしき魔物が倒れていた。だが、異様な死体だ。全身が真っ赤になってしまっている。これは、おそらく血が全身の肉の中に染み渡っているのだろう。血抜きができないので、とても食べられた味じゃないはずだ。

「なぜ、こうなった？」

「う、うん。こいつらは、いっぱい群れを作っているんだ。この辺りが縄張りみたいだね。で、早速狩りをしようと思ったら、こいつらすごく目がいいらしくて、あっさり見つかっちまって逃げられた。で、今度は待ち伏せで、僕がエリーンの撃ちやすいところへ追い込もうとしたら、すごい加速で突っ走って、エリーンのロングボウの連射もヒラリッと交わすんだ。で、追いついたら、このざまだよ」

しょんぼりして、デニスが項垂《うなだ》れた。

「これは、鳥型魔物にはありがちなパターンだな。ヤツらは、結構ショック死するんだ。しかし、これは派手だな。あちこちの血管が破裂しているんじゃないか？　へたすると心臓まで破れているかもしれんな。小鳥や小動物は、苦痛があまりなく死ねるように、ショック死しやすくなっているものもいるようだ。だが、これは特殊すぎる例だな」

うわあ。ロイスがさらっと4行も喋ったよ。この魔物を獲って帰れる気がしないな。頭を抱えたくなる気分だった。

ムキになって、ダーチョを追い回すエリーンとデニス。何しろダーチョは素早い。追われると、あっという間にトップスピードに乗り、そして心臓を破裂させる。とにかく加速がすさまじく、馬でも追いつけない。

ダーチョは低木林に逃げ込み、華麗に木の間を駆け抜ける。ジグザグに逃げるので、エリーンの腕前でも捕らえきれない。魔法でも使うしかないが、並みの魔法ではダーチョが消し飛んでしまうか、容易に心臓破裂を引き起こす。やれそうな魔法使いを雇うとなると、コストがかかり過ぎるので、結局、自分たちでやるしかない。

1匹獲れば諦めてくれるだろう。仕方がないので、虎の子を使うことにした。エリーンに超高価な魔法矢の使用許可を出したのだ。

「1本だけだぞ」

こいつはいざという時の命綱だ。大変高価なのだ。しかし、チームの生存率を下げるわけにはいかないので、何本か持っている。大カマキリの時に使わずに済ませたので、1本だけ使用を認めた。

だが、エリーンが魔法矢を放った瞬間、私は、いやその場にいた全員が驚愕した。ダーチョが飛んだのだ。魔法矢は、無常にも地上で炸裂した。

「あんなの、ありー？　エド！　ワンモアチャーンス」

「ダメだ。諦めろ」

これ以上の予算オーバーは許されない。半泣きのエリーン。

飛ばないと思っていた鳥が、死に物狂いで飛び上がったのだ。今まで飛んだのを見たことがなかったし、情報にもなかった。こいつには、羽根を動かす筋肉はなかったはずだ。

あの小さな翼で、よくぞまあ。とにかく他のチームも、きっと赤字になったに違いない。Fランク相手の任務失敗が恥ずかしいから、みんな、あんなに口を噤《つぐ》むのか。笑われるのがオチだからな。私は頭を抱えて、今回の請求書の整理を始めた。無駄撃ちした魔法矢が痛いな。

デニスによる、奇襲も失敗した。彼も頑張った。36回くらいチャレンジしていたが、終いには涙目で半べそをかいてきた。

「もう無理。降参だよ。代わって～」

ロイスが力で捻じ伏せようと試みたが、ヤツらは見事な方向転換ですり抜けていった。羽根をむしる屍さえ、手に入らなくなった。私も再び、算盤を手にしている。

エリーンだけは諦めない。完全に周りの風景に己を溶け込ませ、待ち伏せからのクイックショット。潅木《かんぼく》の上からショートソードで襲いかかったり、土に埋まってみたりもした。しかし、肉は手に入らなかった。

そうこうするうちに時間は無常にも過ぎ、もう2日目の夕暮れに近い。デニスとロイスは、食べられなくなったダーチョの革と羽根を、せっせと掻き集めるのに専念していた。

やけくそになったエリーンは、ある方法を試した。ダーチョに忍び寄ると、あろうことか、子守唄を歌い始めたのだ。子守の依頼であったならば、必殺技なのだが……。呆れかけた時、効果が現れた！　初めは警戒していた魔物も次第に聞き惚れて、うとうとしたかと思うと、ついには寝てしまった。そして、哀れダーチョは、子守唄の主によって永眠させられた。エリーンは大歓喜でガッツポーズを決め、デニスやロイスに手伝ってもらいながらダーチョの血抜きを始めた。

そして、私は溜め息をついた。今までの請求書と、今回の経費の計算が終わったのだ。

「あー、エリーン。喜んでいるところ悪いんだが、そいつは売らないといけない。今回は完全に足が出ている。それを売っても赤字だ。売らないと、しばらく質素な食事になるぞ？」

エリーンに衝撃が走る。そう。私がこう言う時は、大概冗談では済まされない。必ず、本当に質素な食事になる。エリーンがマジで泣き喚くほどに。それでも、私は決して妥協はしない。チームの収入は私が管理しているため、メンバーも勝手な仕事はできない。その代わり、チームにいる限りは、絶対に食いっぱぐれることがないのだ。

「…はーい」

渋々と頷くエリーン。心なしか、赤毛も項垂れているように思える。

帰りは、子供のいる村に立ち寄ってから王都へ帰還した。子供にせがまれた赤い歌姫は、ストレス発散のために歌いまくった。途中の街道では、あの大カマキリの死体がないか探したが、既になかった。魔物の死体などは、見つけた者が拾っていいルールになっている。黒字化の望みが絶たれた瞬間だった。

冒険者ギルドに到着し、羽根などの素材を引き取ってもらう間に、これからアドロスに行く冒険者を見つけて、明日子供を送ってもらうように頼んでおいた。冒険者同士はお互い貸し借りがあるので、それくらいはやってくれる。今夜は、エリーンが子供を預かることになった。随分怖い思いをしたので、宥《なだ》めてやるように言っておいた。あれは、そういう仕事もうまい。

たまに王都に持ち帰られるダーチョは、魔法使いがたまたま通った時に仕留めてくる。それも大抵1頭くらいしかいない。しかも、ダーチョを捕まえられる魔法使いは高給取りなので、Fランクの魔物なんかには構っていられないのだ。

かくして、チームエドの冒険は、試合に勝って勝負に負けたような結末になった。次の実入りのいい仕事を探していると、ギルマスのアーモンが声をかけてくれた。

「金持ちの商人の仕事だ。ダンジョンに潜りたいので、お供を探している」

いろいろ条件を聞いて、二つ返事で受けてしまった。主に支払い金額が魅力だったのだ。

食堂で見かけた彼は、ギルマスに手を上げて挨拶をしてきた。肉の刺さったフォークを握りしめながら……。


「エドウィンです。明日からうちのパーティと迷宮に潜ってもらいます」

依頼人に挨拶をすると、焦げ茶の髪と茶色の目をした商人、アルフォンスさんは人の良さそうな笑顔で笑いかけてくれた。

その後の冒険は実に大変だったが、苦労に見合う報酬を受け取ったので良しとしよう。


ちなみに、ダーチョの肉が諦められなかったエリーンは、後日、アルフォンスさんを唆《そそのか》し、その魔法でまんまと手に入れることに成功した。この世のものとは思えない、幸せそうな表情でダーチョのステーキに齧《かじ》りつくエリーンを見て、アルフォンスさんはまた、楽しそうな笑みを浮かべるのであった。

あとがき

はじめまして。緋色優希と申します。Ｒｅ：54歳から始まるラノベ作家生活。

２００８年頃は51歳の方がラノベ界デビューのタイトルホルダーだったそうですが、昨今では年齢的に特に珍しくもないように思います。

いわゆる、世間で言うところの、なろう作家という分類に入る作家です。それまで小説なるものを書いたことなどなかったのですが、何気に小説投稿サイト「小説家になろう」に投稿した作品が、７日目で日間１位になりました。それで、いろいろご縁がありまして、今回ツギクルさんから出版される運びとなりました。

一応、異世界ファンタジーの体裁をとっていますが、設定などがＳＦ作品に近い内容になっています。私が若かった頃は、この手のお話はＳＦ文庫に収められていたように思います。中学生当時、ＳＦマガジンを愛読しており、早川ＳＦ文庫も読んでおりました。内容的にどうしても、そちらの方向に走るきらいはあるようです。本作でも、なろう小説の異世界物にありがちな「白い女神様」とか「召還の儀式」「召還魔法陣」といった定番は用いず、ＳＦ作品のような出だしを採用しています。

かなりチートすぎる能力を持っていますが、それを使っていろいろと出合った事件を解決していきます。そこから新たな能力を得たり、次の事件に発展していったりという展開です。各章が、比較的短い章立てになっておりまして、いろんなお話をやっていく予定です。

本作を出版するにあたり、作者が不慣れなせいで、担当の久保田さん、並びに編集部の方には、かなりお世話をかけたような気がしております。

あと何より、稚拙な文章でありながら、応援してくださった小説家になろうの読者の皆様方。彼らの後押しがなければ、この本は世に出ることがなかったはずです。

そして、発表の場を提供していただいた、株式会社ヒメプロジェクト様。素敵なイラストを描いてくださった市丸きすけ様。この場を借りて、厚く御礼申し上げます。

他にも、校正・印刷・輸送をしてくださった方々、販売を担当してくださった書店様。皆様方には、感謝の念しかございません。

1冊の本を出すのが、こんなに大変だなんて思ってもみませんでした。

この作品では、これから後の物語にいろいろなキャラクターが登場する予定です。できるなら、彼らの活躍も書籍でお届けできればと思っております。

またあとがきでお会いできる日がくることを祈って、御挨拶とさせていただきます。

緋色優希

SPECIAL THANKS

「おっさんのリメイク冒険日記 ～オートキャンプから始まる異世界満喫ライフ～」は、コンテンツポータルサイト「ツギクル」などで多くの方に応援いただいております。感謝の意を込めて、一部の方のユーザー名をご紹介いたします。

シニャ
ストロベリー双月
空～セリカ～
遊火
でもん
東雲　飛鶴
夜界弐
家の猫
かゎねぇ
ora
心環一乃
Po-Ji

ツギクルブックス

本書に関するご意見・ご感想は、下記のURLまたはQRコードよりツギクルブックスにアクセスし、お問い合わせフォームからお送りください。
http://books.tugikuru.jp/

本書は、「小説家になろう」(http://syosetu.com/)に掲載された作品を加筆・改稿のうえ書籍化したものです。

おっさんのリメイク冒険日記《ぼうけんにっき》
～オートキャンプから始《はじ》まる異世界満喫《いせかいまんきつ》ライフ～

2017年7月25日　初版第1刷発行

著者　緋色優希《ひいろゆうき》

発行人　宇草 亮
発行所　ツギクル株式会社
〒106-0032　東京都港区六本木2-4-5
TEL 03-5549-1184
発売元　SBクリエイティブ株式会社
〒106-0032　東京都港区六本木2-4-5
TEL 03-5549-1201

イラスト　市丸きすけ
装丁　株式会社エストール

印刷・製本　中央精版印刷株式会社

著者エージェント　株式会社博報堂DYデジタル

定価はカバーに表示してあります。
乱丁本、落丁本はお取り替えいたします。

ISBN978-4-7973-9200-5
Printed in Japan